好きすぎるから彼女以上の、妹として愛してください。4

滝沢 慧

JN172812

ファンタジア文庫

2990

口絵・本文イラスト　平つくね

Chapter.4

目次

第0章

——それは、夏休みの旅行から戻《もど》ってきて、まだ間もない日のこと。

「おはようございまーす」

「真島《まじま》くんか！　いいところに来てくれた。君に見せたいものがあるんだ」

「え、見せたいもの……？」

「いいからこっちへ来てくれ。ほら、早く早く」

いつになく上機嫌《じょうきげん》の玲《れい》に連れられ、圭太《けいた》は上の階にある事務所へ向かう。

「ほら、これだ」

見せられたのは、ノートパソコンの画面だった。それを一目見て、圭太は息を呑《の》み込む。

画面に映し出されていたのは、一人の女の子を描《か》いたイラスト。圭太にとっては初めて見るキャラクターだが……しかし、その子が一体『誰《だれ》』であるか、圭太はすぐに気付いた。

だって、この『妹』は——。

「主任、これって……」

「さすがだな、何も説明しないうちから気付くとは。そうとも。君が以前提出してくれた『理想の妹』のアイデア。あれを元にしてデザインした妹だよ。ようやく実装日が決まったんでな、君にも伝えることにしたんだ」

「実装!? え、本当ですか!?」

もう一度、画面の中の妹の姿に目を落とす。

『お兄ちゃん！』と、元気に呼びかける声が今にも聞こえてきそうな、生き生きとした笑《え》顔《がお》。それはまさしく、イメージしていた『妹』そのもので、圭太は感動を抑《おさ》えきれない。

「休み明けには実装される予定だ。そのうち正式に告知もするから、その時を楽しみにしていてくれ。……これを励《はげ》みに、より一層お兄ちゃんとして精進《しょうじん》してくれることを願っているぞ、真島くん」

「はい!! 俺、頑張《がんば》ります!!」

有頂天《うちょうてん》の圭太はまだ知るよしもない。

このすぐ後に訪《おとず》れる登校日で、『お兄ちゃん』としての将来が危《あや》ぶまれる一大事が起きようなんてことは……。

プロローグ

日曜日。都会の空はよく晴れて、絶好の洗濯日和《せんたくびより》だった。

圭太《けいた》もまた、日当たりのいいベランダに出て、せっせと洗濯物《せんたくもの》を干す。料理はそこまででもないけれど、父親との二人暮らしなのもあって、掃除《そうじ》洗濯《せんたく》は慣れたものだ。

――が。順調に洗い物の山をハンガーに吊《つる》していたところで、ベランダと室内を繋《つな》ぐ窓が、『ガララ！』と開く。

「――えーん、にぃに～……！　たすけてぇぇ……！」

「ふぐっ⁉」

がばちょ、と後ろから覆《おお》い被《かぶ》さられて、圭太の顔が洗濯物に埋《うず》まる。

息苦しさに暴れる圭太に構わず、ぐいぐいと体重を掛《か》けてきている相手の正体は、圭太の担任の先生にして、圭太がいまいるこの家の主にして、ついさっきまで干していた洗濯物達の持ち主。

深山志穂《みやましほ》。

ちなみに今は――わけあって、圭太の、『妹』でもあったりする。

「ぷはっ……!?　な、なんだ!?　何があったんだ、志穂!?」

「虫！　虫がいるの！　なんとかしてよぉ、にぃに〜……」

指さされたほうを見ると、ちっちゃーな蜘蛛《くも》が一匹《いっぴき》、ちょこちょこと床《ゆか》を這《は》っていた。

「……さ、森へお帰り」

圭太は冷静に、そこら辺に落ちていたデリバリーのチラシを使って『ぺいっ』と蜘蛛を窓の外へ。

「ほら、志穂。もう虫さんはいなくなったぞ？」

「本当……？　もう大丈夫《だいじょうぶ》……？」

弱々しい涙目《なみだめ》で、志穂が圭太を見つめる。

普段《ふだん》の彼女とはまるで違《ちが》う雰囲気《ふんいき》。ずっと年上のはずの志穂がひどく幼く見えて、なんだか落ち着かない気持ちになる。

そもそもだ。圭太の知る深山志穂という先生は、色々とアレなところはあってもれっきとした大人の女性で、たとえ実の兄が相手であっても、『にぃに』なんて呼び方をするなんて思えない。

それがこうして現実になっているからには。相応の理由があるわけで——。

「ああ、もう大丈夫だ。だからな、志穂……その缶《かん》をにぃにに渡《わた》そうな？」

ぐすぐす鼻を鳴らす志穂の手には、果物の描かれたアルミ缶。一見するとジュースのようだけれど、下のほうに『※これはジュースではありません』としっかり注意書きがされている。

早い話がお酒だった。

「心配しなくても、にぃにのならあるよ？　しーちゃんが持ってきてあげる～」

「そういうことじゃない！　夜になるまでお酒は我慢《がまん》するってにぃにと約束したでしょ!!」

「えー？　お酒なんて飲んでないよぉ。これはジュースだもん」

「違うしーちゃん！　それはアルコール！　っていうか、今は酔《よ》っ払《ぱら》ってる場合じゃないだろ!?　原稿《げんこう》終わらせないといけないんだろ、しーちゃん!!」

言ったそばから、缶チューハイに口をつけようとする志穂を慌《あわ》てて止める。

（……まさか、先生がこんなに酒癖《さけぐせ》悪いとは）

絡《から》み酒とかならまだ『あー』と納得《なっとく》できただろうけど、こんな酔っ払い方はさすがに想定外だ。

いや。そんなことを言うなら、あの『深山先生』のお兄ちゃんになっているということの状況《じょうきょう》自体が、そもそも想定外なのだけれども。

が。想定外の事態がこうして起きているからには、やはり、相応の理由があったりするのだった――。

第一章　ソシャゲの周回って実は重労働だよね

——夏休みが終わった。

九月一日、始業式。二学期の始まりである。

圭太《けいた》もまた、誰と話をするでもなく、ただじっと自分の席に座って、一人項垂《うなだ》れていた。

そう。事態は深刻なのだった。

（まさか……よりによって先生に、『レンタルお兄ちゃん《バイトのこと》』がバレるなんて……!!）

深山志穂《みやましほ》。圭太の通う学校の教師であり、クラス担任。

ことの発端《ほったん》は、圭太達が店の『夏イベ』として参加していたＳＧＯのリアルイベント。

なんとそこに志穂もお客として訪れていて、『レンタルお兄ちゃん』のバイト中だった圭太と偶然《ぐうぜん》にも鉢合《はちあ》わせしてしまったのだ。

その時は、志穂がうっかりコンタクトを落としていたため、正体はバレずに済んだ……と思われたのだが。

（まずった……!!　まさか、あのとき落としてた名刺《めいし》、先生が拾ってたなんて……！）

玲《れい》から（だいぶ無理矢理）押し付けられていた、『レンタルお兄ちゃん』の名刺。そこにはSGOでのフレンドコードが載《の》っており。折り悪くスマホを取り上げられていた圭太は、ちょうど申請《しんせい》がきたところを志穂に目撃《もくげき》されて、あえなく身バレしたのだった。

（あああ……俺のアホぉ…………！）

途方《とほう》もない後悔《こうかい》に頭を抱《かか》えるが、今さらどうもこうもない。

結局、あのときはテンパってそのまま逃《に》げ出してしまい――もちろんスマホは回収したが――あれ以来、志穂とは顔を合わせていない。

ただ……不思議なのは、てっきり呼び出されて怒《おこ》られるものと思っていたのに、今日になるまで、志穂からは何もリアクションがなかったことだ。そのことが、圭太は今も不思議で仕方ない。

『もしかして、ワンチャン気付かれていないのでは?』と楽観的な考えが過《よぎ》る一方で、『いやそんな甘い話があるか』とも思い、結局夏休みの間は、気になって遊ぶどころではなかった。旅行から帰ってきてからもバイトしたりコミケ行ったりイベ走ったり、それなりに慌《あわ》ただしい日々を過ごしていたはずなのだが、おかげでいまいち記憶《きおく》があやふやだ。

……考えているうちに、とうとう予鈴《よれい》が鳴る。

ぎくり、と圭太の体に緊張《きんちょう》が走った。HR《ホームルーム》が始まれば、担任である志穂は確実に教室にやってくる。逃げ場はない。

とっさにドアのほうを見たら、偶然初葉《はつは》とも目が合った。

というより、様子がおかしい圭太を、初葉はずっと気にしてくれていたのだろう。クラスメイトの手前、何も言っては来ないけれど、その顔は心配そうだ。

妹に心配を掛けるわけにはいかない——そう思い、笑顔《えがお》を見せてやろうとしたその時。

初葉の背後で、教室のドアがガラリと開いた。

瞬間《しゅんかん》、圭太は危《あや》うく「ひい！」と悲鳴を上げてしまいそうになる。

ぬっ、とドアを潜《くぐ》って教室に入ってきた志穂が、未《いま》だかつて見たことがないほどに、荒《すさ》んだ目つきをしていたので。

……他のクラスメイトも、異変に気付いたようだ。ざわついていた教室が、一瞬《いっしゅん》にしてしんと静まり返る。

誰《だれ》も彼もが黙《だま》りこくる中、志穂はツカツカと足音を響《ひび》かせ教壇《きょうだん》へ。重く垂れ落ちた前髪《まえがみ》の狭間《はざま》から、威圧《いあつ》的な眼光がクラスを見回す。

「HR、始めます……全員座って。早く」

いつも通りの、覇気《はき》のない声。が、今日に限っては、そこには得体の知れない凄《すご》みのようなものがあった。クラスメイト達は戸惑《とまど》いながらも、茶化すこともできずに大人しく着席。

だが、こんな状況でも、いつもと変わらないテンションで志穂に話しかけにいく生徒もいた。初葉だ。

「セ、センセー……？　なんか、今日いつもとフンイキ違う気がするんですけど……えっと、なんかありました……？」

「まあね……。実は今、ちょーっと面倒《めんどう》なことになってて……」

ふっかーいため息と共に、志穂の目がジロリ、と圭太を睨《にら》む。

（ぜ……絶対バレてる……）

クラスメイトに不審《ふしん》がられないよう、必死に平静を装《よそお》いながら。圭太は心の中で、大量の冷《ひ》や汗《あせ》を流すのだった——。

◆◆◆

……しかし、意外なことに。志穂がHRで、圭太に何かを言ってくることはなかった。

それは、始業式が済んで教室に戻《もど》ってきてからも、帰りのHRが終わってからも変わらず。

てっきり呼び出しを食らうものと思っていただけに、圭太は首を捻《ひね》る。だからといって、自分から「バイトのことなんですけど……」と話しかけに行く度胸は、さすがになかったが。

（もしかして先生……知らない振《ふ》りをしてくれてる、とか？）

結局普段通りにバイトに向かいながら、圭太はそんなことを思った。

考えてみれば、志穂はいつも『面倒事は勘弁《かんべん》して』と言っている。圭太は一学期にも一《ひと》悶着《もんちゃく》起こしているし、この上さらに呼び出しなんてことになったら、担任である志穂としても困るのかもしれない。黙認《もくにん》してくれている可能性は、十分にあるのではないだろうか。

担任の先生にバレて、とうとう『お兄ちゃん』廃業《はいぎょう》の日が来たのかとビクビクしていたけれど、もしかしたら、現状は圭太が思っているより悪くないのかもしれない――。

……なんてのは、所詮《しょせん》甘い考えであったことを、圭太は店に着くなり思い知ることになるのだった。

（……あれ？　臨時休業？）

ドアに張られた張り紙を見て、圭太は首を捻った。昨日もバイトに出たけれど、休みにするだなんて話は何も聞かされていない。

ひょっとして、玲に急な用事でもできたのだろうか。しかし、それならそれで連絡《れんらく》をくれてもいいように思うが……。

このまま帰ってもいいのかわからず、圭太はひとまず、上階の事務所に足を向ける。階段を上がると、中の電気が点《つ》いているのが見えた。

「失礼しまーす。あの主任、下の張り紙見てきたんですけど……」

「ああ、真島《まじま》くん。いいところに来てくれた。ちょうど、君に連絡を入れようと思っていたんだ」

「あ、やっぱり何かあっ――」

言いかけて……圭太は目が合う。玲と、ではなく、彼女の対面で来客用のソファに腰《こし》を下ろしていた志穂と。

「ご覧の通り、君の担任の先生がいらっしゃっている。色々と話を聞きたいそうだ」

「……い、いらっしゃいませ」

◆◆◆

「ど、どうぞ先生、お茶です。主任も」

「ありがと。……っていうか、真島くんがお茶淹《い》れるのね……」

「ま、まあ、バイトなんで……」

持ってきたお茶とお茶菓子《ちゃがし》を、そろりそろりとテーブルに並べる。

（まさか、呼び出しすっ飛ばしていきなり店のほうに来るとは……。い、いや、でも、かえって良かったかもしれない。ここは主任に上手《うま》いこと言ってもらって、先生を誤魔化《ごまか》してもらうしか……！）

が、頼《たの》みの綱《つな》の玲はというと、志穂を説得しようとするでもなく、呑気《のんき》にお茶なんか飲んで寛《くつろ》いでいた。『これはだめかもしれない』という不安と絶望が、圭太の中で早くも膨《ふく》れ上がっていく。

「真島くん、お茶をありがとう。立ったまま話すのもなんだし、君も座るといい」

「え!? あ、は、はい、そうですね……」

『呑気に座ってる場合か！』と叫《さけ》びたいのを堪《こら》えて、ぎこちなく頷《うなず》いた。

すっかり玲が話をつけてくれる気になってしまっていたが、考えてみれば圭太こそ当事者なのだから、一人だけ蚊帳《かや》の外で突《つ》っ立《た》っているわけにもいかない。……いや、許されるのならいつまでだって突っ立っていたいけれども。

（……というか、座るって、この場合どっちに？）

玲と志穂はテーブルを挟《はさ》んで向かい合っている。ソファは二人がけなので、座るならどちらかの隣《となり》になるのだが。

ちょっと考えて、圭太は玲の隣に。店のアルバイトとして、訪ねてきた志穂を迎《むか》えているわけだから、状況《じょうきょう》としてはこれで正しいはずだ。

……と。そこで何故《なぜ》か、玲がちらっと圭太のほうを見てきた。意味ありげな眼差《まなざ》し。もしかして、この場を上手く切り抜《ぬ》ける案があるのかと、圭太は小声で尋《たず》ね返す。

「なんですか、主任」

「いや。こうして真島くんを横に、担任の先生と向かい合っていると、ちょっと三者面談みたいで楽しいなと」

「冗談《じょうだん》言ってる場合じゃないでしょ⁉　状況わかってるんですか主任⁉」

「やはり深山先生を引き留めて正解だったな。店の前でこそこそ様子を窺《うかが》っている姿を見た時は不審人物かと思ってしまったが、わざわざバイト先に様子を見に来てくれるなんていい先生じゃないか。良かったな真島くん」

「何してくれてんですかちょっと⁉」

てっきり志穂が乗り込んできたのかと思ったのに、まさか過ぎる事実だった。

「なんでそんなフレンドリーに招き入れちゃってるんですか⁉　学校にバイトの件バレたらヤバいんですって！」

「それはわかっているが。まあ、今回に限ってはそこまで心配しなくていいんじゃないか」

「んなわけないでしょう！　何を根拠《こんきょ》に――」

「……………あの」

遠慮《えんりょ》がちに話しかけられて、はたと我《われ》に返る。玲があまりに適当なものだから、いつのまにか声が大きくなってしまっていた。

「ああ、すみません先生。話に夢中になってしまって……ええと、それで、今日は進路の相談ということでよろしかったでしょうか」

「よろしくないですよ!!　勝手に三者面談始めないでください!!」

「あの……お話を聞かせていただきたいんですが、いいでしょうか……？」

再び、志穂が遠慮がちに言う。しかし今度のそれは、『いい加減にしてくれないかな……』的な言外の圧力を孕《はら》んでもいた。

「失礼。冗談が過ぎました。……それで、お話というのは？　真島くんのアルバイトについて、二、三確認したいことがあるという話でしたが」

「はい」

気を取り直すように、志穂が背筋を伸《の》ばす。

「その……こちらの『レンタルお兄ちゃん』というアルバイトは、具体的にどういうお仕事を？」

「主な仕事は、普通《ふつう》の喫茶店《きっさてん》やレストランと変わりありませんよ。ただ、元がゲーム開発における資料集め、および宣伝の目的で始めたサービスですから、通常の飲食店にはない独自のシステムなどもあるにはありますが」

「ああ、なるほど。それで『お兄ちゃん』……え、でもおかしくありません？　SGOのメインユーザーは男性ですよね？　宣伝に使うなら『レンタルシスター』とかのほうがゲーム内容にも合っていると思うんですけど」

「おや、深山先生は『SGO』をご存じで？」

ちょうどお茶に口をつけたところだった志穂が、「ゴホッ!?」と噎《む》せた。零《こぼ》れたお茶が手に掛《か》かったのか、「熱い!!」という悲鳴がさらに続く。

「い、いえ……！　そ、そういうゲームが、生徒達の間で流行《はや》っていることは知っていますよ？　私は、詳《くわ》しくは知りませんけれども……き、今日ここへ来たのも、あくまで、担任として生徒の指導をするためで、き、興味があったとか、そういうわけでは……」

などと、澄《す》まし顔で今さら過ぎる言い訳を述べる志穂。

そこへすかさず、営業スマイルを浮《う》かべた玲が近付いていく。

「ご存じいただけているとは光栄です。こちらつまらないものですが……」

なんて言って取り出したのは、SGOの初期メインビジュアルを印刷したポストカード。

それを見た途端《とたん》、志穂はわかりやすく目を輝《かがや》かせる。

「え!? こ、これ、サービス開始前に店頭イベントで配ってたグッズですよね!? い、いいんですか、こんなのいただいちゃって!!」

「ええ。当時頒布《はんぷ》しきれず余ってしまった分が、まだ残っていましてね。折に触《ふ》れて蔵出《くらだ》しなどしているのですが、なかなか捌《さば》ききれないもので……受け取っていただければ、我々としても助かります」

「ありがとうございますっ!!!! ………ハッ」

圭太がじっと見つめていることに気付いて、志穂は慌《あわ》てて、もらったポストカードをカバンにしまった。……結局受け取るものは受け取るらしい。

「……というわけだ。意外とどうにかなりそうだろう?」

こそっと、玲が耳打ちしてきた。妙《みょう》に余裕《よゆう》があると思ってはいたが、玲はどうやら、志穂がSGOユーザーだと気付いていたらしい。

「た、確かに、なんとかなりそうな気はしますけど……でも、なんで知ってるんですか?」

「夏のイベントでチラシを渡《わた》したのは私だからな」

「え、覚えてるんですか」

「人の顔を覚えるのは得意なんだ。まあ、女性は珍《めずら》しいから目立ったというのもあるが」

圭太との内緒話《ないしょばなし》は打ち切って、玲は再び志穂に向き直った。

「先生がSGOのユーザーだと言うなら、なおさらお願いしたい。真島くんのアルバイトを認めてはいただけませんか？　ゲームをもっとよくしていくためにも、彼の存在は必要です」

「な、なるほど……。いえ、でもですね、やはり担任として……」

「それに、筆頭お兄ちゃんである真島くんが辞《や》めてしまえば、今後の運営にも支障を来《きた》しかねません。あまりこのようなことは申し上げたくないのですが、この企画《きかく》を通すのにもやはりそれなりの資金が掛かっていますので……あまりに損失が大きければサービス自体の存続も……」

「え!?　そんなに……」

深刻そうな玲の顔を見て、志穂の動揺《どうよう》が激しくなる。『嘘《うそ》だと思いますよ』という本音を、圭太はそっと呑み込んだ。

確かに、志穂の言うことはもっともではあるのだ。圭太自身、最初に『レンタルお兄ちゃん』のことを聞かされたときは、なんだその怪《あや》しげなバイトは、と思ったものだ。担任の先生の立場だったら、そりゃあ辞めさせたいだろう。

けれど……今となっては圭太にも、『はいそうですか』とは言えない事情がある。

だって、この場所はもう、圭太一人のものではなくて――。

「――せ、先生!! アタシ達からもお願いします! アルバイト、続けさせてください!!」

「!? 初葉!? え、仁奈《にな》に、瑞希《みずき》ちゃんも……! ど、どこにいたんだよ三人とも!?」

いきなりだった。外に繋《つな》がるドアが急に開いたと思ったら、初葉、仁奈、瑞希の三人が、次々に店に駆《か》け込《こ》んでくる。

「だ、だって、お店来たら閉まってるから、変だなと思って……妹尾《せのお》先輩《せんぱい》も何も知らないって言うし」

「野中《のなか》さんがバックヤードにいらっしゃるかもしれないので行ってみましょうか、と話していたところ、声が聞こえたのでつい……」

「き、聞いてたのか!?」

「す、すみません、兄さん! 盗《ぬす》み聞きをするつもりはなかったんですが、このビル、壁《かべ》が薄《うす》いみたいで……」

なにげに初耳の情報だった。……今後、初葉達に『レンタル』されるときは、もうちょっと声のボリュームに気をつけようと思い直す。

「ちょっと……え、何？　ま、まさか片瀬《かたせ》さん達も、ここでバイトしてるなんて言わないわよね……？」

勘弁《かんべん》してよ、と言いたげな顔で、志穂が初葉達の顔を見回した。

……なんだか、どんどん話が大きくなっていっている気がする。

圭太が不安を覚え始めたところで、玲が、さらに場を混乱させるようなことを言ってきた。

「──そうだ。どうでしょう、良ければ先生も実際に当店のサービスを体験していかれては。実際にその目で見ていただければ、『レンタルお兄ちゃん』がいかに健全なものであるかわかっていただけるかと」

「────は⁉」

「「「え⁉」」」

圭太の驚《おどろ》きに、妹達の声が続く。

（お、俺が、先生の、お兄ちゃんに……？）

とっさに脳裏を過《よぎ》ったのは、夏のイベント会場で、志穂の手を引いたときのこと。コンタクトを落として視界が悪かったせいか、あのときの志穂は、普段《ふだん》の気だるげな雰囲気《ふんいき》とは裏腹に、不安そうで、妙に素直《すなお》でもあって。

確かに、あのとき、先生にもこんな一面があるんだ、と思ったのは事実だ。そんな彼女のことを、『妹っぽいな』、と思ったことも。

――担任の先生を相手に、『妹』として接することに、戸惑《とまど》いがないといえば嘘になる。

……むしろ戸惑いしかないとも言える。

けれど、それで志穂に、アルバイトを認めてもらえるのなら――。

「いや、この歳《とし》になって生徒のこと『お兄ちゃん』とか呼べないでしょ。年下相手にお兄ちゃんなんて、アブノーマル感半端《はんぱ》ないし……」

普通に真顔で言われて、圭太はとってもいたたまれない気持ちになった。視界の端《はし》で、瑞希も『ガーン！』とショックを受けた顔をしている。

（いや……それもそうか……）

仁奈がなんだかんだ『レンタルお兄ちゃん』に乗り気だったから、同じ流れで説得できるような気になっていたけれど、普通の人はそもそも『お兄ちゃん』を借りようとか思わないのだった。

「……つまり、お気持ちは変わらないと？」

「お気持ちっていうか……誤解しないでほしいんですけど、私自身は、生徒がどんなバイトをしていようととやかく言うつもりはないんです。反社会的とか非合法とかならともかく……」

「それなら、なんら問題はありませんよ。安心して任せてください」

びっくりするくらい爽《さわ》やかな笑顔《えがお》で、玲は言い切った。『どの口が!?』とツッコミ入れたくなる気持ちを、圭太は必死に抑《おさ》える。

「そうしたいのは山々なんですけど……私にも、担任としての立場みたいなものがあるので……」

つまり、圭太のバイトが学校側にバレると、志穂も怒《おこ》られるということだ。それはやはり困るのだろう。

「……そういうわけだから、真島くんは大人しく別のバイトを探して。面倒《めんどう》なことになる前に」

「ま、待ってください先生!!　そこをなんとか……絶対にバレないようにしますから!!」

「それを信じられたらいいんだけどねぇ……ただでさえ、真島くんは騒《さわ》ぎを起こしたばかりで、何かと面倒くさい立場だし。次は庇《かば》ってあげないって、あのとき言ったよね？」

「け、けど、そういう話なら夏休みの間に言ってくれれば……。今まで何もなかったし、今日もそうだったから、俺、てっきり見逃《みのが》してもらえるんじゃないかと思って……」

「夏の間は私も忙《いそが》しかったの！　面倒だし、どうしようって先延ばししてたけど、さすがに新学期になってまでそういうわけにもいかないし……。これが他の先生達にバレたら何言われるか……」

「……なるほど。先生のお気持ちはよくわかりました。しかし、アルバイト内容に問題があったというなら、雇《やと》った私にも責任があります。学校まで謝罪に伺《うかが》わせてください」

「だからそれは困るんですってば!!　とにかく大事にはしたくないんです!!　すぐに辞めろとは言いませんから！　後任が見付かってからでいいですから！　ここは穏便《おんびん》に、内密に、私と野中さんと真島くんだけでお話ししましょう!!　お願いします!!」

いつの間にか立場が逆転し、必死に玲に頭を下げる志穂を見ていると。上手《うま》いこと丸め込む――もとい、説得する方法は、ないわけでもなさそうに思えた。

◆◆◆

「ど、どーしようお兄ちゃん……!? まさか、先生にばれちゃうなんて!! 大ピンチだよ!! ゼッタイゼツメーだよ!!」

「いや、なんか意外となんとかなりそうな空気だったけど……」

圭太のツッコミは聞こえていないのか、初葉は真っ青な顔でブルブルと震《ふる》えている。

「とにかく穏便に」とひたすら頼《たの》み込んで、志穂はひとまず帰って行った。残された圭太達は、突如訪《とつじょおとず》れた危機（というほどでもないかもしれないが）を前に、対策会議の真っ最中である。

「その……お兄様は、どうするおつもりなのですか？」

「そりゃ、辞めないで済むならそうしたいと思ってるよ。せっかくこうやって、仁奈とも昔みたいに話せるようになったんだし」

もちろん仁奈だけじゃない。初葉とも、瑞希とも、このレンタルお兄ちゃんのバイトがなければ、きっと圭太はまともに話をすることもなかっただろう。

半ば無理矢理のような形で始めたバイトだったけれど。今となっては、大切な場所であり……目標だ。できれば、失いたくなんてない。

「そ、そうですよね！　安心しました！　それでこそお兄様です！」

「……そういう仁奈こそ、いいのか？　俺がバイト続けてても」

「た、確かに、風紀委員としては複雑ですが……お兄様が『レンタルお兄ちゃん』を辞めてしまったら、楽しみにしていたあんなことやこんなことができなくなってしまいますし……」

「なんて？」

「い、いえいえ！　やはり一度始めたことを途中《とちゅう》で投げ出すのは良くないと、そう言ったんです、はい！　お兄様が道を踏《ふ》み外《はず》さないように、私がこうして監督《かんとく》をしているわけですし！　先生にはぜひ、その辺りをわかっていただいて！　はい！」

ふんすふんす、と、仁奈は気合い十分だ。先生達に人望も厚い彼女が味方してくれているのは心強い……なんか怪しげな発言も聞こえたような気がしたけど、そこはまあ、今のところは触《ふ》れないでおこう。

だがそこで、黙《だま》っていた玲が口を開く。その顔は、いつになく真面目だった。

「いや……真島くん達の気持ちは嬉《うれ》しいが、深山先生のご心配もわかるつもりだ。『レンタルお兄ちゃん』は決していかがわしいサービスではないが、確かに、誤解を受けやすい業務内容ではあるからな」

その言葉に、圭太は改めて、自分の今までの『お兄ちゃん活動』を振《ふ》り返《かえ》る。妹の頭をなでなでしたり、添《そ》い寝《ね》したり、抱《だ》っこしたり、時には一緒《いっしょ》にお風呂《ふろ》にも入ったり……。

「で、でも！　あくまで『兄』と『妹』ですし！　それに、元々このバイトって、ゲーム開発の参考にするために始めたんですよね⁉　だ、だったら、それを説明すれば、きっとわかってもらえますよ⁉　先生だってＳＧＯはやってるんですし‼」

「……ああ、もちろんだとも」

「……なんか返答に不自然な間がありませんでした？」

「気のせいじゃないか？」

とか言いつつ、玲は何故《なぜ》か、圭太と目を合わせようとしない。

「ちょっと、なんでそんな意味ありげなリアクションするんですか⁉　え⁉　ゲーム開発のためなんですよね⁉　まさか面白《おもしろ》そうだったからとか退屈《たいくつ》だったからとかそんな理由でバイト募集《ぼしゅう》してませんよね⁉」

「心外だな。私がそんな私情で行動するような人間に見えるのか真島くん」

見えるから心配してるんです。

圭太の訝《いぶか》しげな視線を感じたのか、玲は『コホン』と気を取り直すように咳払《せきばら》いした。

「確かに真島くんの言う通り、『レンタルお兄ちゃん』はそもそもゲーム開発のための取材、サンプルデータの収集を目的に始めたものだ。……ただ、いかにゲーム開発のためと言っても、それで学校側が納得してくれるかと言われれば難しいだろう。結局、やっていることに変わりはないわけだしな」

「え⁉　そ、それじゃ、お兄ちゃんはやっぱり、バイト辞《や》めたほうがいいってことですか……⁉」

「いや。それは、私としても困る。真島くんという『お兄ちゃん』も、初葉さん達『妹』も、私達にとって必要なものだ」

不安一杯《いっぱい》の顔をする初葉に、玲はきっぱりと告げる。

まさか、そこまではっきり言われると思っていなかったから、圭太は少し驚いた。

同時に、少し照れくさくもある。自分が、まだまだ『お兄ちゃん』として未熟なのは変わらないとしても、今日までの頑張《がんば》りを、玲は認めてくれていたんだと思えたから。

玲ばかりではない。初葉達『妹』も、口々に圭太に言葉を掛《か》けてくれる。

「アタシだって……！　お兄ちゃんが、お兄ちゃんじゃなくなっちゃうのは、困るよ……」

「私もです。離《はな》ればなれでいた間の時間を取《と》り戻《もど》すには、まだまだ足りないんですから……お兄様には、これからも、お兄様でいてもらわなくては」

「……二人とも」

大袈裟《おおげさ》とは思いつつ、圭太はちょっと感動してしまった。少し前まで、お兄ちゃんになるなんて夢のまた夢だと思っていた自分が、今ではこうして、妹達に頼《たよ》ってもらえている。まさか、こんな日々が現実になるだなんて……。

「任せてくれ、二人とも！　俺はこれからも、二人のお兄ちゃんだしお兄様だ！　なんとか先生を説得して、バイトが続けられるようにしてみせる！」

「うん！　頑張ろうねお兄ちゃん！」

「私達も、できうる限りのことはします。なんでも言ってください！」

「ありがとな、二人とも。そう言ってくれると頼《たの》もし――って、あれ。そういえば瑞希ちゃんは？」

気が付けば、いつの間にか姿が見えなくなっている。まさか黙って帰るなんてこともないだろうし……と、首を捻《ひね》ったところで、どこからか、しくしくと泣き声が。

「アブノーマル……アブノーマル……。うぅ……先輩《せんぱい》なのに『妹』なんて、やっぱり変なのかなぁ……」

見れば、瑞希は店の隅《すみ》っこに座り込み、さめざめと泣いていた。

◆◆◆

「……妹尾先輩《せんぱい》、元気になって良かったね！　さっすがお兄ちゃん！」

「いや、俺は大したことしてないけど……」

実際、圭太が掛けた言葉と言えば、『年齢《ねんれい》なんて関係ない！　先輩だろうと後輩《こうはい》だろうと俺は瑞希ちゃんの兄さんだよ！』と、それだけなのだが。

仁奈や瑞希とは店で別れ、圭太は初葉と一緒に彼女の家へ向かっていた。

店で初葉達と過ごして、その足で少しだけ居酒屋を手伝わせてもらう。この流れも、今ではすっかり日常のものとなりつつある。

「バイト、続けられるように頑張ろうね！　アタシもキョーリョクするから！」

『ぐっ！』と拳《こぶし》を握《にぎ》り、初葉は早くも気合い十分だ。……だからってシャドーボクシングまでする必要はないと思うけれども。

圭太にとっても、あのバイトは『理想のお兄ちゃん』になるために必要な場所。こんな

自分を頼りにしてくれる初葉達『妹』のためにも、中途半端《ちゅうとはんぱ》で辞めたくはない。

……とはいえ。

「……『理想のお兄ちゃん』かぁ」

バイトを始めてから数ヶ月が経《た》つけれど、果たして自分は、その『目標』にどのくらい近付けたのだろう。

そもそも、圭太自身、自分がなりたい『理想のお兄ちゃん』が具体的にどういうものなのか、上手《うま》く言葉にできないのが現状だった。

妹が泣いていたら、どこからだって駆《か》けつけられる。

妹が困っていたら、どんな時だって助けてあげられる。

そうなれたらと思うし、なりたいとも思っている。

けれど、それは『目標』と呼ぶにはあまりに漠然《ばくぜん》としていた。ゴールがあまりにも遠すぎて、よく見えなくて。だから、ちゃんと前進できているのかもわからない。

それでも、立ち止まっていても仕方ないのだけは確かだから、頑張るしかないのだけれども——。

「……お兄ちゃん。そんなに目のとこに皺《しわ》寄せてたら、元に戻んなくなるよー？　ほら、笑って笑って」

皺を伸《の》ばそうとするように、初葉が眉間《みけん》の辺りを押してくる。

「もー。お兄ちゃんってば、ガッコの勉強はそんな好きじゃないのに、そゆとこ真面目なんだから」

「別に、真面目とか、そういうんじゃないって。ただ……俺がちゃんと『お兄ちゃん』できなかったせいで、泣かせちゃった子がいたからさ。初葉達のことまで、あんな風に泣かせたくないんだよ。そのためには、やっぱ、もっとしっかりしなきゃって」

「それって、仁奈姉のこと？　あ、でもお兄ちゃん、妹尾先輩とも小さい頃《ころ》会ったことあるんだっけ？」

「いや、仁奈達じゃないよ。……俺、その子と別れるとき、ひどい態度取っちゃってさ。言われたんだ、『大嫌《だいきら》い』って」

「――」

ピタ、と、初葉の足が不自然に止まった。その顔が痛みを堪《こら》えるようだったから、圭太は慌《あわ》てて言う。

「わ、悪い……わざわざ言うことじゃなかったよな。お前がそんな顔することないって。

言われたの、俺のせいだしさ」

「そ、そんなことないよ！　お兄ちゃんはなんにも悪くない!!」

事情なんて知らないだろうに、初葉は必死に圭太を慰《なぐさ》めようとしてくれた。それはもう必死に。まるで我がことのように。優《やさ》しい妹の思いやりを感じて、圭太は自然と笑顔《えがお》になる。

「うん。ありがとな、気遣《きづか》ってくれて」

「ち、違《ちが》うの！　アタシが言いたいのは、そーゆーことじゃなくて……！　えっと、つまり、その……！」

「わかってる。俺なら大丈夫《だいじょうぶ》だからさ」

初葉はなんだかもどかしそうに俯《うつむ》いていた。きっと、圭太が無理をしているとでも思っているんだろう。でもそれは完全に誤解なので、圭太はよしよしと妹の頭を撫《な》でてやる。

「それより、そろそろ急ごう。あんまりのんびりしてると大将に怒《おこ》られるしな」

「あ……う、うん」

……横を歩く、『お兄ちゃん』の顔を見上げながら。初葉は考える。

さっき言えなかったこと。もうずっと、言えずにいること。

圭太に『大嫌い』だと言ってしまった妹は、自分なんだって。

（……お兄ちゃん、アタシのこと、忘れてるのかと思ってたのに）

覚えていてくれたことは、純粋《じゅんすい》に嬉《うれ》しい。

だがそれは、自分のぶつけてしまった言葉が、未《いま》だに圭太の中に残り続けているということでもある。楽しい思い出ではなく、苦くて痛い、棘《とげ》として。

（このまんまじゃ……だめだよね）

再会して、こうして話をするようになってから。圭太は何度も、初葉のことを助けてくれた。

だったら、自分もいい加減に、勇気を出さなければいけない時が来ているのかもしれない。

(今は、お兄ちゃん、先生のことで大変そうだけど……もし、先生のこと、無事に説得できたら)

その時こそ、きちんと打ち明けよう。

まだ圭太に話せていない――『本当のこと』を。

第二章　お酒は妹になってから

志穂《しほ》に、『レンタルお兄ちゃん』の良さを認めてもらう。

その機会は早くも、翌日に訪《おとず》れることとなった。


昼休み。飲み物を買いに自販機《じはんき》へと向かいながら、圭太《けいた》は考え込む。

(先生を『攻略《こうりゃく》』か……)

要するに、仁奈《にな》の時と同じなのだ。名前だけ聞くといかがわしいけれど、実際に体験してもらったら、『案外大丈夫なんだ』と思ってもらえる……かもしれない。

そのためには、そもそも『レンタル』に積極的でない志穂を、なんとかしてその気にさせることが必要なわけだが。

あーでもないこーでもないと考えていたら、廊下《ろうか》の曲がり角で、向かいから来た人とぶつかりそうになった。寸前で気付いて足を止めたものの、相手の人は驚《おどろ》いた拍子《ひょうし》に、手に持っていたプリントの山を落としてしまう。バサバサと、少なくない量の用紙が、派手に床《ゆか》に散らばった。

「あー……！　うっそでしょ、もう……最悪……」

「す、すみませ——って、深山《みやま》先生⁉」

「……驚いてないで、拾うの手伝ってくれない？」

しゃがみ込んだ志穂が、恨《うら》めしそうにこちらを見上げる。慌てて、圭太もプリントに手を伸ばした。

プリントはどうやら、授業で使う資料らしい。圭太は内容に覚えがないので、他の学年で習う範囲《はんい》だろうか。

しばし、お互《たが》いに無言でプリントを掻《か》き集《あつ》め。一通り拾ったところで、同時に立ち上がる。

「……これ、前にも言った気がするけど、廊下を歩くときはちゃんと前見なさい。いい？」

「すみませんでした……」

頭を下げつつ、集めたプリントを志穂に渡《わた》そうとして——はた、と気付いた。ひょっとして、今こそ先生に『お兄ちゃん』の良さをアピールするチャンスなのでは？

「先生！　良かったら、俺が手伝いますよ！　こういうのもバイトの範囲なんで！」

「そういうのいいから」

バッサリと、志穂は圭太の提案を切り捨てる。遠慮《えんりょ》とかではなく普通《ふつう》に嫌《いや》そう……というか、面倒《めんどう》そうだった。

「……それと、学校でバイトとか迂闊《うかつ》なこと言わないでくれない？　知られたらまずいって自覚あるの、君」

「す、すみません……。あの、じゃあ、良ければ放課後、店のほうで改めて話を──」

「だから『店』とか言わない。……第一、放課後になったらさっさと帰れるあなたたちにはわからないかもしれないけど、私達教師は、授業が終わってもやんなきゃいけないことが山積みなの。わかる？　呑気《のんき》に寄り道してる時間とかないんだってば。ただでさえ今は修羅場《しゅらば》なのに……」

「修羅場？　え、今ってそんな忙《いそが》しいんですか？」

「えっ。あ……ま、まあね。ほら、もうすぐ文化祭とかもあるし……」

どこか気まずそうに、志穂は視線を逸《そ》らした。愚痴《ぐち》を吐《は》き散《ち》らされるのはいつものことのはずだが、生徒に言ってはまずい話だったんだろうか。

「とにかく学校ではあんまり話しかけてこないで。特定の生徒と親しくしてると、面倒な誤解されかねないし……じゃあね」

「で、でも、忙しいっていうならなおさら、俺を便利に使ってください！　出前頼《たの》んでくれればどこへでも行きますし、なんでもやりますから！　そうだ！　ＳＧＯ、今イベント中ですよね？　放課後忙しいっていうなら、先生の代わりに俺がイベ走りますよ！　なんなら今からでも、スマホ貸してもらえれば！」

圭太の提案に、立ち去りかけていた志穂の足がピタリと止まる。

（やった……！　そうだよな！　誰《だれ》だってＡＰは溢《あふ》れさせたくないもんな！）

同じオタク同士。何をしてもらったら嬉しいか、自分の立場に置《お》き換《か》えてみればすぐにわかる。圭太はここぞとばかりに畳《たた》みかけた。

「わかりますよ！　特に今回のイベ、走ったら走っただけおいしいですもんね！　俺も授業中とかスマホ触《さわ》れないんで、『この時間で誰か代わりにやっててくれたらいいのに』っていつも思いますから！　ネットの代行とかは乗っ取り怖《こわ》いしまず無理ですけど、でもほら、兄妹《きょうだい》だったら気軽に頼めるじゃないですか！　兄妹だったら！」

圭太が『兄妹』、と言うたび、志穂の体がぴく、ぴく、と反応する。

――が。

「そ、そんなもので釣《つ》ろうったってだめ。あんなお店に出入りしてるなんて、知られたらそれだけで面倒なことになるもの……！　私は行かないし、レンタルとかもしないから！」

誘惑《ゆうわく》を振《ふ》り切るようにそう言い、志穂はツカツカと去って行く。

（……だめか）

思いのほか、志穂のガードは堅《かた》いようだった。日頃《ひごろ》『だるい』とか『面倒くさい』とか口癖《くちぐせ》のように言う割に、案外、根っこの性格は真面目なのかもしれないなとか、ふと思う。

（仕方ないよな……とにかく頑張《がんば》るしかないんだ。また今日にでも、主任に相談してみよう）

……と、その時は圭太も、そう思ったのだが。

「……し、失礼しまーす……。真島《まじま》くん、います……？」

……閉店間際《まぎわ》の出来事だった。今日は瑞希《みずき》が来ない日で、それすなわちお客さんも来ない日。仁奈も初葉《はつは》もいない店で、圭太はひたすらイベクエを回していたのだが、「そろそろ店を閉めるぞ」なんて言われてようやく立ち上がったところで、店のドアが遠慮がちに開かれたのだ。

「先生？　え、来てくれたんですか？」

「う、嬉しそうな顔しない……！　私は、真島くんが懲《こ》りずに出勤してたら帰らせようと思って見に来ただけで……別に、そんな、レンタルとか、代わりに周回とか、そんなことは全然期待とかしてないし……」

そわそわと落ち着かない様子で、志穂は店内に入ってきた。そのまま、手近なイスに腰《こし》を下ろそうとするが――。

「『妹様』、本日はご来店誠《まこと》にありがとうございます。ですが……申し訳ございません。当店はまもなく閉店時刻でして……既《すで》にラストオーダーは締《し》め切《き》らせていただいております」

「えっ」

中腰の姿勢のまま、志穂が動きを止める。カバンからスマホを取り出そうとしていた手が、行き場を失って虚空《こくう》に取り残された。

「え、あ、そ……そうですか……ラストオーダー……。そうよね、今日も残業だったし……こんな時間に来るような迷惑《めいわく》な客、どこもお断りよね……ふふ……」

「す、すみません先生……。あの！　俺、今週はずっとシフト入ってるんで、また時間のあるときに来てくれれば――」

「真島くんの嘘《うそ》つき！　お店に来れば代わりに周回してくれるって言ったのにー!!」

「す、すみません……」

圭太の言葉が引き金になったのか、志穂は堰《せき》を切ったように本音をぶっちゃけた。死んだようにテーブルに崩《くず》れ落ちるその姿を前に、圭太はひたすら謝ることしかできない。

そこで、二人のやり取りを聞いていた玲《れい》が、『計画通り』とばかりに、にたりとあくどい笑《え》みを浮《う》かべた。

「ご安心ください、妹様。我が『レンタルお兄ちゃん』は、お兄ちゃんのテイクアウトも実施《じっし》しております」

ぴくっ、むくり……と、死体と化していた志穂が頭を起こした。さながらゾンビのごとく。

「……テイクアウト？」

「はい。文字通り、レンタルしていただいた『お兄ちゃん』をお持ち帰りいただけるサービスです。こちらなら、業務時間外でも二十四時間オールタイムでお兄ちゃんとの触《ふ》れ合いをお楽しみいただけますよ？　もちろんクエストの周回も、お客様……いえ、『妹様』のお望みのままです」

ゆっくりと、それこそゾンビのような緩慢《かんまん》な動きで、志穂が圭太を見上げた。

暫時《ざんじ》、その疲《つか》れ切った瞳《ひとみ》に葛藤《かっとう》が過《よぎ》り——。

「…………………ここってカード使えます？」

◆◆◆

……というわけで。


「あの……本当にいいんですか？　奢《おご》ってもらって」

「まあ、私の都合で来てもらってるわけだし……言ってもファミレスだし。『特上ステーキセット』とかそういう高いのここぞとばかりに頼まないなら、普通にご馳走《ちそう》くらいするわよ。大人として」

お店にほど近いファミレス。店員さんに先導され、圭太は志穂に続いて店の奥へと向かう。案内されたのは、奥のテーブル席だ。

『お持ち帰りって言っても、家に生徒連れてくわけにいかないし……。ちょうど夕飯も食べたいから、とりあえずファミレスでいい？』

店を出るなり、そう言い出したのは志穂のほう。圭太としても、いきなり先生のお宅にお邪魔《じゃま》……という展開は避《さ》けたかったので、むしろありがたい。

「あ。そうだ、先生。ＡＰ勿体《もったい》ないし早速《さっそく》周回始めて――」

「ちょ……!?　こら!!」

声を掛《か》けた瞬間《しゅんかん》、志穂が圭太の口を手で押さえる。

「やめてよその呼び方……！　他のお客さんに聞かれたら変に思われるでしょーが！」

「す、すみません……。えっと、じゃあ、なんて呼べばいいですか？」

「そりゃ、普通に深山さんとか……」

志穂の答え方はちょっと歯切れが悪い。結局、名字呼びにしたところで、違和感《いわかん》は消せないと気付いたのかもしれない。

そもそも、どう呼び合おうが、制服の圭太とスーツ姿の志穂が一緒《いっしょ》の時点で、目立つ組み合わせではあるのだ。同年代にはどう頑張っても見えないし、親子というには歳《とし》が近すぎるし、他に妥当《だとう》な言い訳というと――。

「そうですよ！　こういう時のための『お兄ちゃん』じゃないですか！　兄と妹なら、一緒にファミレスに来てもなんの問題もありませんし！」

「いや、無理でしょ……どう見たって私のほうが年上じゃない。真島くんは制服で、私はスーツなんだから」

「だ、大丈夫《だいじょうぶ》ですよ！　世の中にはいろいろな事情を抱《かか》えた兄と妹がいるんですから！　わけあって留年している兄と、一足先に社会人になった妹という設定でいきましょう！」

「面倒くさいから却下《きやつか》。……大体、その設定で行くとして、君は私のことなんて呼ぶわけ？　兄妹じゃ名字で呼ぶわけにいかないじゃない」

「そりゃもちろん、妹なんですから、『志穂』って名前で」

言ってしまってから、圭太は「あ」と口を押さえる。志穂が驚《おどろ》いたように目を丸くしたかと思うと、その顔が赤くなったからだ。

「あ、え、えっと、すみません、つい……！」

「ついって……そんな軽いノリで普通《ふつう》、人のこと名前で呼んだりする……？」

志穂の声は、少し上擦《うわず》っている。怒《おこ》っているのではなく、照れているのだとわかってしまうリアクション。だから余計、圭太は落ち着かない。

だけど、さすがに志穂は『大人』だった。お冷やに口をつけて、もう一度コップを置く頃《ころ》にはもう、そわついた様子はなくなっている。……まだ顔は少し赤かったが。

「……そういえば。真島くん、片瀬《かたせ》さん達のこともお店じゃ名前で呼んでたっけ。仲いいんだなと思ってたけど、何？　レンタルされたら誰のことも名前で呼ぶの？　それ、あんまりいいことじゃないと思うけど」

「いやでも、俺はお兄ちゃんなので！　妹を名字で呼ぶの変じゃないですか！　それだけですよ！　変な意味ないですって！」

「……真島くんにとってはそれだけなのかもしれないけど、呼ばれるほうからしたら結構ドキッとするの。『それだけ』って言ってる時点で、やっぱり普通じゃないわよ。私なんか、今まで男の子に名前呼ばれたことな――」

ハッ、と、志穂が目を見開いた。慌《あわ》てて口を押さえたその顔は、さっきとは比べようもないくらい赤い。

「い、今のは聞かなかったことにしといて！　はいこれ、メニュー！　さっさと注文する！」

「あ、はい……あの、結局、俺は『お兄ちゃん』ということでいいんでしょうか」

「……まあ、教師だってバレるよりはマシだし。……今夜だけだからね」

押し付けられるメニューを、圭太は素直《すなお》に受け取った。とりあえずドリンクバーを頼《たの》み、本日のメインである周回代行に精を出す。

志穂は志穂で、注文を終えるや否《いな》や、ノートパソコンを取り出して何やら作業していた。画面は見えないけれど、どことなく真剣《しんけん》そうな顔付きを見るに、遊んでいるというわけではなさそうだ。

「えっと、忙《いそが》しそうですけど、プリントかなんかですーー何かか？」

普通に敬語で話してしまいそうになって、自分が『お兄ちゃん』であることを思い出す。慌てて軌道《きどう》修正すると、ため口で話しかけられたことに驚いたのか、志穂がゴホッと水をつかえさせた。

「……何？　君って結構リア充《じゅう》キャラだったりするの……？」

「いや、だって、俺はお兄ちゃんだから！　妹に敬語じゃおかしいと思って！」

圭太だって、年上である志穂に対して『お兄ちゃん』するのは何かと緊張《きんちょう》するのだ。なんなら今だって、『俺何やってるんだ……』と我《われ》に返りそうになるのと必死に戦っている最中である。あまり現実を思い出させるようなことを言うのはやめてもらいたかった。

「やっぱりレンタルした以上、そこはきちんと守ってほしいとお兄ちゃんは思うんだ。お互《たが》い合意の上での契約《けいやく》なわけだから、俺だけ変な人みたいに扱《あつか》うのはやめてほしいというかだな……」

「いや、そうは言っても……気を抜《ぬ》くと我に返りそうっていうか……」

「そういうことを言わない！　あんまりお兄ちゃんを困らせることを言うと周回代わってあげませんよ!!」

「うっ……わ、わかったわよ……。頑張《がんば》ってみるから……えっと、それで、なんの話してたっけ……？」

「えっと……ああ、そうだ。パソコン、忙しそうだから、何してるのかと思って」

「ああ。明日の授業で配る資料。もうちょっとで終わるから、やっちゃおうと思って」

「え？　あれって、先生達が作ってたんですか……？」

驚いて、一瞬《いっしゅん》素に戻《もど》ってしまう。

「いつもってわけじゃないけどね。今回の範囲《はんい》は、教科書だけだと進めにくそうだったから。他に使える資料があったらそっちにしたんだけど」

パソコンから顔を上げないまま、片手間に答えを返す志穂。声音《こわね》はいかにもどうでも良さそうで、けれど、圭太は『どうでもいい』なんて思えず、黙《だま》り込んでしまう。

宿題のプリントだとか、小テストだとか。そういうものを、誰《だれ》が、どうやって用意してくれているかなんて、今まで、考えたこともなかった。いつも適当に扱って、なくしたり捨ててしまったりしていたことを、少し反省する。

「……あの、ありがとうございます。先生」

今度は意図的に、普段《ふだん》の口調に戻した。これは『お兄ちゃん』としてじゃなく、彼女のクラスの生徒として、伝えたいことだったから。

「は？　……え、何。急にどうしたのよ」

顔を上げた志穂が、怪訝《けげん》そうに圭太を見てくる。なんでいきなりお礼を言われたのか、本当にわかっていない様子だ。

「俺、前から思ってたんですよ。先生の授業、プリントすごいわかりやすいなって。俺達が授業受けやすいように、わざわざ放課後の時間使って、作ってくれてたんですね」

「ちょっ……や、やめてよ！　そういうキラキラした目で見ないで……！」

日光の下に引きずり出された吸血鬼《きゅうけつき》みたいに、志穂は両腕《りょううで》で顔を隠《かく》す。

「別に、あなた達のためとか、そんな青春漫画《まんが》みたいな理由じゃないってば……。生徒の成績悪いと、『教え方が悪い』って年配の先生に嫌《いや》み言われるし、ＰＴＡから苦情来たりもするし……そっちのほうが面倒《めんどう》くさいから、仕方なくやってるだけで」

「でも、先生が俺達のために頑張ってくれてるのは変わりないですし。頑張ってるんだから、もっと褒《ほ》められたり、感謝されたりしていいと思いますよ、先生は」

「うっ……！　だから、そういうのだってば、もう……」

恥《は》ずかしくなったのか、志穂はパソコンを閉じてしまった。

「別に、ホント、全然大したことじゃないんだから。そんな過剰《かじょう》に期待とかされても応えられないからやめて」

「でも、手描《てが》きのイラストとかもついてるし、結構作るの大変なんじゃないですか？……っていうか、あの絵って先生が描いてるんですか？」

「……ううん。あれは、あの、フリーで配布されてるのを借りて。ほら、あるでしょ、そういうの」

「ああ、はい。よく見る奴《やつ》ですね」

有名な某《ぼう》サイトさんのとか、本当にどこでも使われているので、それこそ親の顔並に目にしている。

ただ、志穂の配るプリントのイラストは、圭太には見覚えのないものだった。ただ借りるだけなら、それこそ例のサイトのものでいいような気がするのだけれど、何かこだわりでもあるんだろうか。

どこのサイトのものか聞きたかったけれど、圭太が口を開く前に、志穂は席を立ってしまう。

「ドリンクバー持ってくる。一応、荷物見といて」

「あ、それなら俺が行きま——ゴホン！　俺が行くよ」

「……さっきからお兄ちゃんになったりならなかったり忙しいわね、君」

「まあ、そこは一旦《いったん》忘れて……えっと、何を取ってくればいい？」

「あー……じゃあホットコーヒーお願い」

「え、この時間にコーヒー飲むのか？　眠《ねむ》れなくなるんじゃ……」

「眠るわけにはいかないから飲むの……」

「そ、そうか……」

　圭太が持ってきたコーヒーを、志穂はミルクと砂糖をたっぷり入れて豪快《ごうかい》に飲み干す。

　あるいはやけくそ気味に。

　どうやら、深山先生はこう見えて、意外と甘党のようだった。

「——というわけで本日の戦果です」

「え、すご⁉　一時間でこんな溜《た》まる⁉」

「途中《とちゅう》で装備落ちたりしたので、だいぶ効率良かったです」

ファミレスの店外。『高校生を遅《おそ》くまで連れ回せない』と志穂に言われ、テイクアウトお兄ちゃんは一時間ほどで解散となった。再び生徒と先生に戻り、圭太は志穂にスマホを返却《へんきゃく》。

「……そういえば、君はどういう編成で回ってるの？」

「えっと、こういう感じで」

スマホを渡《わた》すと、志穂は画面を見るなりギョッと目を見開く。

「ちょっ……!? 何このSSRの充実《じゅうじつ》っぷり……！　ま、真島くんってまさか……重課金兵……？　だ、だめよそういうのは！　だってあなた高校生でしょ!?　いくらバイトしてるからって！」

「違《ちが》う違う！　誤解ですって！　俺はあくまで無理のない範囲での課金しか！」

「無理のない程度の課金でこんなにSSR揃《そろ》わないでしょ!?　私なんか軽く数十万は突《つ》っ込《こ》んでるけどこの半分も持ってないわよ!?」

「どっちが重課金兵だよ!?」

圭太がバイト代（SSR現物支給）の話をすると、志穂はショックを受けた顔で「嘘《うそ》でしょ!?」と叫《さけ》んだ。

「私なんて、この間の限定ガチャ、十万出してやっと一枚引いたのに……。どうしても出なくて泣く泣く貯金切《き》り崩《くず》したのに……。十万を週一でとか、実質私のお給料よりもらってるじゃない……！」

世の理不尽《りふじん》を嘆《なげ》くように、志穂はわなわなと身を震《ふる》わせる。……と思ったら急に顔を上げて、うつろな目で圭太を見据《みす》えた。

「——やっぱりだめ。高校生のうちからそんな大金手にしてたら金銭感覚が狂《くる》うわ。辞《や》めなさいバイト。即刻《そっこく》」

「そ、そう言わずに！　そうだ！　それなら先生も一緒《いっしょ》にどうですか、バイト！　笑顔《えがお》の絶えない明るい職場ですよ!!」

「教師は副業禁止なの!!　第一、仮にこっそりやるとしたってもうちょっと職場は選ぶわよ!!　『レンタルお兄ちゃん』なんてどう考えても怪《あや》しいじゃない！」

「あ、怪しくないですって！　極《きわ》めて健全なサービスですってば！　俺のバイトがいずれは新たな妹《ヒロイン》の参戦に繋《つな》がってですね……！」

……とはいえ、圭太がこれまで提出してきた『妹』のアイデアは、今のところどれも本実装まで辿《たど》り着《つ》いていないのだけれども。だから本当に自分が役に立っているのか、最近ちょびっとだけ心配だったりするのだけども。

圭太の微妙《びみょう》な表情を察したのか、それともただの偶然《ぐうぜん》か。志穂がふと、思い出したようにこう言う。

「けど……本当にゲーム製作のためなのかしらね、あのサービス」

「え？」

「だって、聞いたことないわよ。キャラ作りのために『レンタルお兄ちゃん』なんて。普《ふ》通《つう》やらないでしょ、そんな面倒くさいこと」

「それは……俺もそう思いますけど」

「まあ、あんまり部外者が首突っ込むことじゃないし、いいんだけど、なんでも。……ただちょっと気になっただけ」

　言葉通り、志穂はあまりこの話題に関心がなさそうだった。本当に、ちょっと思いついたことを言ってみただけなんだろう。

　しかし圭太はなんだか聞き流せず、あれこれと考え続けてしまう。

（言われてみれば、妙《みょう》ではあるんだよな。いやむしろ妙なとこしかないんだよな……）

　とはいえ、じゃあ本当は何が目的なんだ、と考えてみたところで、心当たりがあるわけでもない。

（『レンタルお兄ちゃん』か……）

仮に。そこに、ゲーム作り以外の目的があるのだとしたら。こんな常識離《ばな》れしたことを、それでも実行してしまう……しなくてはならないような『理由』というのは、一体、どんなものなのだろうか。

◆◆◆

——圭太達の通う学校の文化祭は、十月終わりに開催《かいさい》される。

まだ九月も半ばなので、開催は一ヶ月以上先。とはいえ、出し物に関する話し合いなどは二学期が始まってすぐの頃《ころ》からしているし、早いクラスではもう準備を始めているところもあるらしい。

そして、肝心《かんじん》の圭太達のクラスの出し物はというと——。

（けど……出し物が『妹喫茶《いもうときつさ》』って。なんでこれ通ったんだよ……）

休み時間。ぼんやりと自分の席に着きながら、圭太は、いつぞやのHR《ホームルーム》を思い返す——。

「――はーい！　ただの喫茶店《きっさてん》じゃつまんないから、なんかコスプレとかしたらいいと思いまーす」

ざわざわと賑《にぎ》やかだった教室に、一際《ひときわ》明るい声が響《ひび》く。

週一のＬＨＲ《ロングホームルーム》。圭太達のクラスは、文化祭の出し物について意見を出し合っていたところだった。

誰《だれ》かの出した『喫茶店』という案に、みんな「ベタだなー」とかなんとか言いながらも他にアイデアもなく。「じゃあそれでいっか」という空気になりかけた、その矢先。初葉が急に手を上げて、先ほどの台詞《せりふ》を口にしたのだ。

「コスプレかー。可愛《かわい》い服なら着てみたいけどー」

「やっぱ、メイド服とか？」

「えー、あれがいいよ。着物とか！」

クラスのみんなは初葉の案に乗り気のようで、そんな話し声があちこちから聞こえる。

（まあ、今はコスプレってオタクだけのもんじゃないしな）

最初、初葉がそんなことを言い出した時はちょっと慌《あわ》てたが……初葉も単に、「せっかくだし目立つことやりたい!!」くらいの気持ちだったんだろう。

だったら別に反対する理由もないし……と、圭太が思いかけたところで。

「でも、メイド喫茶とかフツーだし、他のクラスと被《かぶ》っちゃいそうじゃん？　そしたら決め直しになっちゃうしー……ここはやっぱりさぁ。他のクラスがやんないよーな、面白《おもしろ》いことしたくない？」

なんて言って、初葉はにぱっと笑顔を作った。そして、他のクラスメイトには気付かれないよう、ちらっと圭太のほうを見てくる。

意味深なリアクションに、圭太が『え？』と思った瞬間《しゅんかん》。

「例えばさぁ……『妹喫茶』とか、どーお？」

「――はあ⁉」

驚《おどろ》きすぎて、思わず声が出てしまった。途端《とたん》、クラスメイトが一斉《いっせい》にこちらを見てくる。

夏休みという冷却期間《れいきやく》を経て、広まっていた噂《うわさ》は大分風化したものの、圭太を見るクラスメイト達の目は、やはりどこか怯《おび》えた風だ。

だが、初葉だけは違った。

「真島だって、興味あるっしょ？　〝いもーとオタク〟だもんね、真島は～。可愛い子に『お兄ちゃん』とか呼ばれたいってー、いっつも言ってたし」

「そ、そんなこと誰も言ってないだろ!!」

「もー、怒《おこ》んないでよ。ジョーダンだってば～」


（……多分、初葉はあれが目的だったんだろうけど）

『妹喫茶』、なんて言い出した時はギョッとしたが。多分、妹とかコスプレとかの話題を出して、いつも通りに圭太を弄《いじ》ることで、圭太がクラスに溶《と》け込むきっかけにしたかったのだと思う。

それ自体には感謝しているのだ。ただ、問題だったのは、初葉が提案した『妹喫茶』が、何故《なぜ》か普通に採用されてしまったことで。

そんなこんなで、圭太達のクラスもまた、『妹喫茶』開店に向け、準備をしている最中。

圭太は飾《かざ》り付《つ》け等の担当になったのでまだ出番はないが、調理班、衣装《いしょう》班は既《すで》に動き始めている。

ちょうど、休み時間の今も、圭太の席のすぐ近くで、クラスメイト達が何か話し合っていた。話しているのは、食材や食器の確保を担当しているグループだ。

「ねえ、とりあえず適当にメニュー書いてみたんだけど、こんな感じでどう？　……てかさぁ、お茶とかケーキって、買ってきたのそのまんま出せばいいのかな？」

「だって、他にやりようなくない？」

「でも、どうせなら飾り付けぐらいしたいじゃん」

「ホントの喫茶店ってどうしてんだろ？　知らない？」

「いや、私に聞かれても……誰かバイトしてる人とかいない～？　喫茶店とか、ファミレスとか」

一人が、そんなことを言って教室を見回す。だが、クラスメイトの反応は鈍《にぶ》い。

そして、圭太はというと。

（一応、店でケーキとか出してないこともないけど……）

しかし、自分がここで名乗り出ていいのだろうか。変にバイトのことを突っ込まれて、『お兄ちゃん』の件がバレても困る。そうなれば、初葉達にだって迷惑《めいわく》を掛《か》けてしまうから。

躊躇《ためら》っていると、ふと、横顔に視線を感じた。

見れば、初葉が口に手を当てて、口パクだけで何か言っている。

『頑張《がんば》れ！　お兄ちゃん‼』

（……初葉の奴《やつ》）

人の悩《なや》みも知らないで、と、ちょっと苦笑が漏《も》れる。

でも、圭太はお兄ちゃんだ。妹に応援《おうえん》されたら、頑張るより他にない。

「あのさ……俺で良かったら、相談に乗るけど。一応、俺のバイト先も喫茶店みたいなことしてるし」

「え⁉　あ、そ、そっかー！　なるほどね！」

「そ、そうだよねー。飲み物とか出すもんね、ああいうお店って……」

……やはり誤解をされている気がする。

「いや、ホントに普通の喫茶店（みたいなとこ）だって！　ええと……それで、聞きたいことって？」

「あ、うん……えと、メニューなんだけどさ。こんな感じでいいのかなって……」

手渡《てわた》されたメモ書きを見る。コーヒーに紅茶、ジュースなどのソフトドリンク類。それからケーキなどのちょっとしたお菓子《かし》がいくつか。

「うーん……ケーキは止《や》めたほうがいいんじゃないか」

「あ、冷蔵庫ないから？　でも、常温でも大丈夫《だいじょうぶ》なのもあるし」

「いや、そうじゃなくて……。ケーキってお客さんに出すの、割と手間なんだよ」

店でもたまにやるのだけれど、お皿に盛り付けるのが意外と難しいのだ。上手《うま》くやらないと形が崩《くず》れたり、ひどいと倒《たお》れてしまったりする。最悪、皿に載《の》せる前に落っことすなんてことも……。

ついでに言えば、運ぶときも油断ならない。瑞希のようにちょっと足をもつれさせたが最後、妹様に食べてもらうはずのケーキが宙を舞《ま》い、当人の顔面を直撃《ちょくげき》、なんて悲劇を、圭太は何度も目にしてきている。

「それにさ、ケーキって食べるのにフォーク使うだろ」

「え、だめなの……？　コンビニとかでもらえるプラスチックの奴、言えばもらえるって説明されたよ？」

「そうだけど、そういうのって使ったらゴミになるだろ？　環境《かんきょう》に悪影響《あくえいきょう》だから、先生達がいい顔しないって聞いてさ」

　まあ、実際にいい顔していなかったのは風紀委員の妹なのだけれど。『あまりに申請数《しんせい》が多いようなら、個別指導も考えています』とか凛々《りり》しいお顔で仰《おっしゃ》っていたので、避《さ》けるに越《こ》したことはないと思う。仁奈の負担を増やすのは、兄としても本意じゃない。

「俺の意見だけど、クッキーとか焼《や》き菓子《がし》系がいいと思うんだ。個包装されてる奴なら、出すのも楽だと思うし」

「あ、そっか。なるほど」

　述べたのはあくまで個人的な意見だったけれど、向こうは納得《なっとく》してくれたようだった。話を聞いていた一人が、なんだか驚いたように圭太を見てくる。

「真島くん、詳《くわ》しいんだね？　……本当に喫茶店でバイトしてるの？」

「いや、喫茶店ってわけじゃないんだって……えーと、店の中にお茶飲めるスペースがあるみたいな感じでさ」

「へえー」

『どういうお店？』とか聞かれたらどうしようと思ったが、幸いなことに、話はそこで終わってくれた。

「じゃあこれ、先生にも確認してもらおっか？」

「ありがと、真島くん」

書き直したメモを手に、彼女達は教室を出て行く。

（や、やった……！　普通《ふつう》に話せた……！）

ホッとしながら、圭太は初葉のほうを見た。背中を押してくれたお礼が言いたくて。

目が合うと、初葉は『ぱあぁっ』と顔を輝《かがや》かせ——しかし、ここがどこかを思い出したように、駆《か》け寄《よ》ろうとしていた足をピタリと止める。

……話しかけたがっているのを察して、圭太は一旦《いったん》、教室の外に出た。しばらくして、
初葉が後をついてくるのを、気配で感じる。

人影《ひとかげ》の見えない辺りまで来てから、圭太は足を止めた。

「この辺りまで来れば大丈夫だろ。もう話しかけてもいいぞ、初葉」

「え!?　お兄ちゃん、気付いてたの!?　いつから!?」

「教室出た辺りからだな」

なんなら教室を出る前からこうなるだろうと思っていた。

「えー、それなら早く言ってよぉ。アタシ、いつ話しかけようってずーっとタイミング考えてたのに！」

「悪い。……なんか、後ろからくっついてくる初葉が可愛くてさ」

「え、ホント？　えへへ……じゃあいっかな。お兄ちゃんに可愛いって言ってもらえるんなら」

にへー、と、初葉の顔がふやけていく。

「……ありがとな、初葉。背中押してくれて」

「あのくらい、トーゼンだよ。アタシ、お兄ちゃんの妹だもん。お兄ちゃんのこと、いつだって応援してるんだから！」

いつものように初葉の頭を撫《な》でてやりつつ、いつも通りのやり取りを交わす。

……が、その途中《とちゅう》で、初葉が突然《とつぜん》『いつも通り』ではないリアクションをした。はた、と目をまん丸にしたかと思うと、慌《あわ》てたように後ずさったのだ。まるで、圭太の手を避けるみたいに。

「初葉？　悪い、嫌《いや》だったか……？」

「ち、違《ちが》くてね？　えっと……ほ、ほら！　仁奈姉はさ、お兄ちゃんのために、いい子になろうって色々頑張ってたじゃん？」

「そうだな。……って、知ってたのか、その話」

「うん。仁奈姉がね、旅行の夜に話してくれたんだー」

『いもーと会してたの！』と初葉。早く寝《ね》なさいと促《うなが》す仁奈に、『まだ遊ぼうよー』とじやれついていく初葉の姿が見えるようだった。

「だから、アタシも、負けてらんないと思って！」

「……つまり？」

「ほら、今はお互《たが》い、文化祭で大変だし。それに先生のこともあるし！　アタシもね、いつまでもお兄ちゃんに心配ばっかりかけてちゃいけないと思って！　だからしばらく、お兄ちゃんに甘えすぎないようにしようと思うの！」

ぐ、と両手を握《にぎ》り締《し》め、初葉は凜々しい表情。

それがなんだか微笑《ほほえ》ましかったので、圭太は「そうか」と頷《うなず》き、ついでに頭を撫でてやった。

「俺は無理することないと思うけど、初葉がそうしたいって言うなら応援する。頑張れよ」

「うん！　えへへー、お兄ちゃんが応援してくれるって、えへへ……ハッ!?　違《ちが》う!!　そうじゃないアタシ!!」

どうやら『甘えすぎないキャンペーン』とやらはあまり上手くいっていないようだったが、圭太はお兄ちゃんなので、今後も初葉の頑張りを温かく見守ろうと思うのだった。

◆◆◆

放課後。圭太はバイト先である店へと向かうため、いつものように最寄《もよ》り駅で電車を降りた。

こうしてアルバイトを始めるまでは、降りたこともなかった駅。最初のうちは道を覚えるのに苦労したりもしたけれど、今ではすっかり通い慣れて、何も考えなくても足が自然と動くようにまでなっている。

（……そういえば、ここってSGO社の最寄り駅でもあるんだよな）

今まで意識したことはなかったけれど、駅前のファミレスや喫茶店《きっさてん》なんかで、製作スタッフの人が食事や打ち合わせをしたりしているのかもしれない。

なんとはなしに、周囲を見回したところで……圭太は気付く。

──道の真ん中。セーラー服の女子高生（あるいは中学生）が、スマホを掲《かか》げて何やらうんうん唸《うな》っている。見慣れない……しかし、見覚えはある、その後ろ姿。

そんな偶然《ぐうぜん》あるのかと、一瞬《いっしゅん》思ったけれど。でも、やっぱり間違《まちが》いなかった。以前、道に迷っていたところを案内してあげたあの女の子が、そこに立っている。またしても、道に迷っている様子で。

そういえば、彼女の母はSGO社に勤めているという話だった。また荷物を届けに来たのだとすれば、この駅で出くわしたとしても、おかしくはない。

しばらくすると、少女はスマホを持ったまま、きょろきょろ辺りを見回し始めた。そして、「よし」と自信ありげに頷くと、きびきびと歩き出す。

会社があるのとは全く逆の方向へ。

（…………………）

いや、考えすぎかもしれない。今日はSGO社に行くわけではなくて、別の所に向かっているだけなのかもしれない。

――でも。道に迷っているかもしれない彼女を放っておくのと、圭太が独り《ひと》相撲《ずもう》を取って呆《あき》れられるのと。どっちのほうがマシかと言ったら、それは、当然。

「ちょ、ちょっと待った！」

慌てて、角を曲がっていった少女を追いかける。

が、

「あれ!? もういない!?」

それほど距離《きょり》は離《はな》れていなかったはずなのに、女の子の姿はどこにも見付けられなかった。慌てて手近な路地を覗《のぞ》いてみるけれど、やはりいない。

（た、建物の中に入ったとか……？）

駅の近くということもあり、カフェのようなお店は何軒《けん》かある。だが、わざわざ中を覗いて確かめるほどの勇気はなかった。

……なんだかこれでは、圭太のほうが道に迷ったみたいである。途《と》方《ほう》に暮れていると、ポケットに突《つ》っ込《こ》んでいたスマホが鳴った。

『真島くんか？　急な話ですまないんだが、今日のバイトは休みということにさせてくれ。ちょっと急用ができたんだ』

「いいですけど……また急ですね」

『すまない。ちょっと予定外の来客があってな。……今はもう店か？』

「いえ、まだ駅前です」

『そうか。なら、そのまま帰宅してくれると助かる。店のほうで人と会うことになっていて、こっちに来られると困るんだ』

「はあ……了解《りょうかい》です」

急な話だとは思うが、別に詮索《せんさく》することでもない。素直《すなお》に頷いて、通話を切る。

それより、気になるのはあの女の子のことだった。何もかも圭太の早合点で、今頃《いまごろ》は無事に目的地に着いているといいのだが……。

念のため、しばらくその辺りを歩いて回ってみたが。結局、あれっきり女の子を見かけることはなく、圭太は後《うし》ろ髪《がみ》を引かれる思いを残しつつ、家へと帰ったのだった。

◆◆◆

（えーっと、あと買うもの……あ、しまった。ラップ、下の階だ）

久しぶりに、バイトも居酒屋の手伝いもない放課後。圭太は近所のスーパーに買い出しに来ていた。用意しておいたメモを片手に、必要なものをカゴに入れていく。

父親との二人暮らしとなると、普段《ふだん》の家事は必然的に圭太の担当になる。とはいえ、食材はこの前買い足したばかりなので、今日は日用品の補充《ほじゅう》が目的だ。

棚《たな》を見上げながら通路を歩いていると、ちょうど向かいから歩いてきた人と、カゴ同士が接触《せっしょく》しそうになる。

「あ、すみません」

「い、いえ！　こちらこそ不注意で……！」

軽く頭を下げてから、その声に聞き覚えがあることに気が付く。

「って、先生!?」

驚《おどろ》いたことに、そこにいたのは志穂だった。学校で見慣れたスーツ姿でも、夏のイベントで見た私服ともまた違う、ブラウスにスパッツというラフな服装。

志穂も志穂で、まさか圭太と鉢合《はちあ》わせするとは思っていなかったのだろう。唖然《あぜん》とした顔をしている。

「偶然ですね。ひょっとして、先生の家もこの辺なんですか？」

「ええと、最近引《ひ》っ越《こ》しして……そ、そういう真島くんこそ、なんでここに？　ここ、真島くんの家からはちょっと遠いと思うんだけど……」

「近所のスーパーだと置いてないものとかもあるんで。たまにこっちにも来てるんです」

「へ、へえー……なるほど」

答える志穂は、なんだか妙《みょう》に居心地《いごこち》悪そうだった。もしかして、そんなに圭太と顔を合わせるのが嫌だったのだろうかと、少し落ち込む。この間テイクアウトの時に話した限りでは、そこまで鬱陶《うっとう》しがられているようには感じなかったのだが。

「そ、それじゃ、私はもう行くから。買い物も終わったことだし……じゃあ、また学校で」

言うが早いか、志穂はカゴを手に歩き出そうとする。

が、その動きは鈍《にぶ》い。というより、カゴが重くて一歩歩くのも大変、という感じだった。

元々、最初にぶつかりそうになったのも、圭太が避《よ》けようとしていたところに、よろけた志穂が突っ込んできた形だったのだ。

「先生。重そうですけど、良かったら――」

手伝います、と普通《ふつう》に言いかけて、『ハッ!』と気付く。これはもしかしなくても、圭太のお兄ちゃん力を試すチャンスなのでは?

「せ、先生! 買い物、一人だと大変じゃありませんか!? わかります、食材とか飲み物とか結構重いですもんね! 『レンタルお兄ちゃん』は買い物の手伝いも受け付けてますよ! 荷物持ちでもなんでも、言ってくれれば手伝います! なんせお兄ちゃんですから!」

「だからそういうのはいいって……第一、こう言っちゃなんだけど、真島くん、重いものとか持てるようなキャラじゃなくない……? 怪我《けが》なんかされたら私の責任になりそうで嫌なんだけど……」

「いやそこまでひ弱じゃないですって!? こう見えて割と色々持てますよ俺!? ほら!」

本気で疑わしげな志穂の手から、ひょい、とカゴを預かる。持ってみると確かに重いが、持てないほどではない。

危なげなくカゴを扱《あつか》う圭太を見て、志穂は目を丸くした。

「……意外と、力あるんだ」

「お兄ちゃんなんで」

ここぞとばかりにアピールするけれど、志穂は呆れたようにため息をついただけだった。

「またそれ？　認めてほしいのはわかったけど、いくらなんでも露骨《ろこつ》過ぎ」

「いや、ホントに無関係じゃないんですって！　説明するとちょっとややこしいんですけど……とにかく、『レンタルお兄ちゃん』のバイトはすごいんです！　もうこのバイトのおかげで人間として日々成長しっぱなしっていうか！　人生変わりましたね！」

「腕力鍛《わんりょくきた》えられるアルバイトなんて他にいくらでもあるでしょ……。せめて、もっと面倒《めんどう》くさくないのにして。それなら私も、わざわざ反対なんて面倒なことしないから。……ホント、それさえなかったら、普通にかっこ良かったのに」

「え？　か、カッコイイ、ですか……？」

まさか、あの志穂にそんなことを言われるとは思わなかったから、つい顔が赤くなってしまう。

対して、志穂は失言に気付いたように目を見開いた。そしてやはり、頬《ほお》を赤く染める。

「ち、ちがっ……やめてよ、そういう面倒くさいリアクション……！　別に、今のは、変な意味とかじゃなくて……」

何か言おうとするけれど、志穂は何度か目を泳がせた後、結局口を噤《つぐ》んでしまった。仕方なく、圭太のほうから声を掛《か》ける。

「えっと……先生、まだ買うものあります？　ないんなら、俺もういいんでレジに――」

「よ、呼び方！」

「え？」

「だから！　前に言ったでしょ、二人でいるときに君に『先生』って呼ばれると、面倒な誤解されるって。……だ、だから、その……」

俯《うつむ》き、口をもごつかせる志穂の顔が、どんどん赤みを増していく。

「……家に着くまで、『レンタル』してあげるから。その呼び方は、やめて……」

さすがに、『お兄ちゃん』、とまでは呼ばれなかったけれど。それは前回のテイクアウトと同様、志穂が『レンタルお兄ちゃん』を利用してくれた瞬間《しゅんかん》で、圭太は自然と表情を明るくする。

「そ、それって、俺の妹になってくれるってことですか!?」

「……なんでそんなに嬉《うれ》しそうなの、真島くんは」

「い、いえ！　変な意味じゃありませんよ⁉　これで先生がバイトのこと認めてくれれば、って思っただけで、妹に餓《う》えているとかでは決して‼」

「喜んでるところ悪いけれど、そういうつもりで言ったわけじゃないからね？　今は確かに、兄妹《きょうだい》ってことにしといたほうが都合がいいから、仕方なくってだけで……教師と生徒ってバレるほうがよっぽど面倒だし……」

「わかりました――いや、わかった、志穂。荷物持ちなら任せといてくれ」

『志穂』と口に出した瞬間は、さすがに少し緊張《きんちょう》した。けれど、不思議とあまり違和感《いわかん》はない。圭太に名を呼ばれて、そわそわと落ち着きをなくしている志穂が、普段より幼く見えるせいかもしれなかった。

「そういえば、志穂のカゴ、何が入ってるんだ？　やたらと重いけど、水かお茶とか？」

「あ、ちょっ……！」

慌《あわ》てたように、志穂が圭太の腕《うで》を掴《つか》んでくる。

だが、その時には既《すで》に、圭太はカゴの中を覗き込んでいた。

カゴの中には、大量のお酒と、お酒と、お酒と、それからお酒が詰《つ》め込まれていた。その上に、おつまみらしいチーズやらビーフジャーキーやらがそっと載《の》っかっている。他には何もなかった。そう、本当に何一つ。

「…………先生ってもしかして酒クｚ（ｒｙ」

「違《ちが》う。違うから。全然。私より飲む人一杯《いっぱい》いるし。まだ大丈夫《だいじょうぶ》、まだ」

◆◆◆

……結局、圭太に見られてからも、志穂はカゴの中身を棚に戻《もど》そうとはしなかった。むしろ見られたことで開き直ったのか、「やっぱりこれも」とか言ってさらにお酒を追加していた。

かくして、圭太は両腕《りょううで》に大量のアルコールを抱《かか》えて――自分の荷物はとても持てそうになかったので買うのを諦《あきら》めた――、志穂の案内で彼女の家へ。

着いたのは、スーパーのほど近くにあるマンションだ。

「ご、ごめんね……部屋まで階段上がらせちゃって。まさかエレベーター壊《こわ》れてるなんて……朝は普通に動いてたのに」

「だ、だいひょうふれす……」

汗《あせ》だくでへとへとになりながら、圭太は玄関《げんかん》にへたり込む。

荷物を運ぶために通された志穂の部屋は、見た目、ごく普通のマンションという感じだった。玄関を入るとすぐ廊下《ろうか》があって、その左右にトイレや風呂場《ふろば》、キッチンに続くドア。廊下の突《つ》き当《あ》たりにもう一つドアがある。

「と、とにかく、水！　水分取って！　呼吸整うまで休んでっていいから」

「す、すみません……」

遠慮《えんりょ》する余裕《よゆう》も体力もなく、圭太は差し出された水を一息に飲み干した。当然、一杯では足りず、すぐに志穂が二杯目を用意してくれる。

が、何杯か喉《のど》を潤《うるお》したところで気が付いた。よく見たら、手渡《てわた》されていたのはコップではなくマグカップだったこと。圭太にも見覚えのある、ＳＧＯのイベントグッズの一つであること。

――さらによーく見たら、コップの縁《ふち》にはうっすら口紅のようなものがついていた。ちょうど、圭太が口をつけていた辺り。

（――――え⁉　ま、待った！　じゃあこれ、お客さん用とかじゃなくて、先生が普段使ってる……⁉）

圭太が赤くなったのを見て、志穂も気付いたらしい。「きゃあ⁉」という、普通に可愛《かわい》らしい悲鳴と共に、マグカップがすごい勢いで奪《うば》い取《と》られる。

「ご、ごめん……！　違うの、わざとじゃなくて！　朝、寝坊《ねぼう》して、ギリギリだったから、洗ってる時間なくて！　で、でも、軽く濯《すす》ぎはしてあるから！　使ってそのままじゃないから……！　そ、それに！　今の私と真島くんは、『兄妹』なんだから！　コ、コップの使い回しくらい、なんでもないっていうか……そ、そうよね……⁉」

「は、はい――いや、そ、そうだな！　兄妹ならなんの問題もないよな！」

「そ、そう！　兄妹だもの！　教師と生徒なんかじゃないし……だ、だからセーフ！　これはセーフ‼」

真っ赤になりながら、志穂は自分に言い聞かせるように「セーフ！」と繰《く》り返《かえ》す。

……まあ、年下、しかも受け持ちの生徒である圭太と『兄妹』になることが果たして教師としてセーフなのかと考えれば、それは極めて微妙《びみょう》な問題だと言わざるを得ないが。

――その時、まるで志穂の慌てぶりを表すかのように、キッチンと思《おぼ》しき部屋の中から、『ガシャーン！』とけたたましい音がした。圭太は思わず、ビクッと肩《かた》を跳《は》ねさせる。

「うわっ、びっくりした……。え、なんだ、今の音？　様子見てきたほうが――」

「ああ、大丈夫。気にしないで……多分、流しに積んでたお皿が崩《くず》れた音だから」

「まだいけると思ったんだけどな……」と付け足す志穂の顔を、じっと見つめる。

「な、何よ……仕方ないじゃない、最近忙《いそが》しくて、お皿とか洗ってる時間なかったし……。ふ、普段《ふだん》から溜《た》め込んでるわけじゃないってば……」

　露骨に目を逸《そ》らす志穂には答えず、圭太は今度は部屋の中を見回す。

　玄関には無造作に積まれた漫画《まんが》雑誌の山。パンパンのゴミ袋《ぶくろ》。そして壁際《かべぎわ》に溜まったほこり、髪《かみ》の毛《け》、その他細かい塵《ちり》。そんなものが、廊下の奥までずらりと列を作っている。

　最初に部屋に通されたときから気付いてはいたが……どこからどう見ても、家事のできない人のお部屋――もとい、汚部屋《おへや》だった。

「ち、違うってば！　このところずっと忙しかったから！　本当！　休みの時は掃除機《そうじき》くらい掛けてるわよ私だって！」

「いや、このジャ○プもう半年前のなんだけど……」

「ま、毎週買うんだから、そのたびに捨てに行くのは非効率じゃない！　溜まってきたらまとめて捨てようと思ってたの！」

　言い訳のテンプレを次から次へと捲《まく》し立《た》て、志穂は顔を真っ赤にした。思わず苦笑を浮《う》かべつつ、圭太は立ち上がる。

「……志穂。せっかく来たんだし、俺も片付け、手伝ってから帰るよ。キッチン、入ってもいいか？」

「え……？　ちょっと、何言ってるの真島くん――」

「仕事、忙しいんだろ？　だったら、家のことはお兄ちゃんが代わりにやってやる。志穂は部屋でゆっくり休むなり、周回するなり、好きなことしててくれ。終わったら声掛けるから」

志穂は戸惑《とまど》ったように目を丸くしていたが、しばらくすると「はあ……」と気だるげなため息を吐《は》き出した。また面倒なことが始まったと、そう言いたげな顔だ。

「またそれなの……。だめに決まってるでしょ。生徒に家事してもらうなんて、バレたら面倒じゃ済まないってば……」

「遠慮するなよ。お兄ちゃんなんだから、妹の家事を代わるくらいは当たり前だって」

「だから、『レンタル』はもう終わりだって言って――」

「……そうなると、志穂は今、赤の他人の高校生を部屋に上げてるってことになるぞ？　志穂は学校の先生なんだろ？　それってまずいんじゃないか？」

「うっ……！」

痛いところを突かれて、志穂はぐっと口を噤んだ。

（……なんか、悪役みたいなこと言ってるな、俺）

お兄ちゃんとしての良心が痛まないこともなかったが、圭太としたって、このままあっさりバイトを辞《や》めるわけにはいかないのだ。

普通《ふつう》に頼《たの》んでも、志穂は『レンタルお兄ちゃん』を利用してはくれないだろう。なら、今はどんな形でもいいから、彼女が『レンタル』を利用せざるを得ない状況《じょうきょう》に持って行くのが最優先だ。

その上で、お兄ちゃんである圭太と、『妹達』の間にある絆《きずな》を、志穂にも、少しでも感じ取ってもらえたら。

きっと、彼女だって――。

「……わ、わかったわよ。私はあなたの『妹』……そういうことにすればいいんでしょ……くっ！」

悔《くや》しげに拳《こぶし》を震《ふる》わせ、志穂は屈辱《くつじょく》に堪《た》える女騎《き》士《し》みたいな顔をした。絆が伝わっているかどうか、甚《はなは》だ疑問な表情だった。

（い、いや！　ここからが『お兄ちゃん』の腕の見せ所だろ！）

気を取り直して、圭太は早速腕まくり。これでも、料理以外の家事はそれなりにやれるのだ。この埃《ほこり》だらけの床《ゆか》をピカピカにして、きちんと掃除機を掛《か》けた床がいかに歩き心地《ごこち》がいいかを志穂にも味わってもらおう。

「よし、じゃあさっそく、キッチンから片付けるか！　さっきの音も気になるし……ええと、キッチンはこっちで合って――いてっ!?」

勢い込んでドアを開けた途端《とたん》、顔面に「ベチン！」と何かがぶつかって、圭太は思わず後ずさり。

どうやら、ドアの裏にハンガーで洗濯物《せんたくもの》を掛けていたらしい。ぶつかった拍子《ひょうし》に、それがハンガーごと圭太の頭に落ちてくる。

とっさにキャッチして――直後、圭太は「ごふっ!?」と噎《む》せた。

何故《なぜ》って、顔目掛けて降ってきたその『洗濯物』が、こともあろうに下着――ブラジャーだったから。

「わっ!?　だ、だだだだだ、だめ！　返して!!」

志穂が大慌《おおあわ》てで、圭太の手からブラジャーを奪い取っていく。その顔は首筋まで真っ赤だ。

「す、すみません！　まさかこんなところに洗濯物干してあるとは思わなくて！」

　思わず、敬語に戻ってしまった。でも仕方がない。事故とは言え、だってブラジャーが、顔に。

「い、いいの！　気にしないで……！　き、兄妹《きょうだい》なんだもの。なんでもないわよ……このぐらい、なんでもない……なんでもないったら……！」

　言葉通り、『なんでもない』という顔で。けれど、落ち着きのなさを誤魔化《ごまか》せないまま、志穂がそう口にする。圭太に言っているというより、自分に言い聞かせるような口調。

「ええと……もう一度確認するんですけど、キッチン入っていいですか――いいかな……？」

「だ、大丈夫《だいじょうぶ》！　もう見られて困るものはないと思うし――あ！　で、でも、入るのはキッチンだけにして！　向こうの寝室《しんしつ》は絶対だめ！　私が自分で片付けるから！」

　言うが早いか、志穂は問題の寝室に駆《か》け込《こ》んでいった。「いいって言うまで絶対開けないでよ！」という言葉を残して。

（……そ、そっか……あの部屋は寝室だったのか……）

　まあ、当然ではある。もちろん今の圭太は志穂のお兄ちゃんであるので、『担任の先生の寝室』という衝撃《しょうげき》ワードを聞かされても全然ソワソワなどしない。

「それより、俺がやるべきことは掃除《そうじ》だろ掃除！　あんまり遅《おそ》くなっても迷惑《めいわく》だろうしさっさと片付け——うわぁ……」

改めてキッチンの現状——もとい惨状《さんじょう》を見回し、圭太の口から思わず呻《うめ》きが漏《も》れる。

流しには、堆《うずたか》く積まれ一部が崩れた食器やら鍋《なべ》やらの山。油汚《あぶらよご》れや焦《こ》げ付きで満遍《まんべん》なく汚《よご》れたコンロ周り。袋《ふくろ》に収まりきらずに点々と溢《あふ》れているプラゴミ達……。

幸い異臭《いしゅう》の類いまではしなかったが、なかなかの汚れ具合だった。流しの底のほうに沈《しず》んでいる食器とか、一体いつから洗っていないんだろうと恐《おそ》ろしい想像をしてしまう。

（…………よし）

覚悟《かくご》を決め、圭太は制服の袖《そで》を捲《まく》った——。

◆◆◆

「……本当に、そこそこ家事できるのね。真島くんって」

キッチンの片付けを一通り終えて。寝室から戻《もど》ってきた志穂と二人、廊下《ろうか》の掃除に精を出していると、志穂が不意にそんなことを呟《つぶや》く。

「家でも普段からやってるからさ。まあ、自炊《じすい》はそこまでじゃないけど」

「ああ、そっか……そうよね」

何かに思い至ったように、志穂はわずかに視線を逸らした。

担任なのだから、志穂だって当然、圭太の家庭の事情は知っているだろう。

だが、彼女がその話題に触《ふ》れることはなかった。そのまま、ごく自然に話を変えてくれる。

「色々、手伝ってくれてありがとう。あとはもう大丈夫だから」

「でも、まだキッチンと廊下しか片付けてないけど……」

「それだけやってもらえば十分でしょ。寝室は、ちょっと見られたくないし……いくら

『兄妹』だからって、お風呂《ふろ》に男の子入れらんないし……」

その言葉に、圭太の視線はつい、風呂場のドアへ……向かいかけて、慌《あわ》てて軌道《きどう》修正。

「いや、そっか。そうだよな……えーと、じゃあ、ゴミ袋だけ持っていくか」

「そ、そこまでしなくていいから！　第一、お、男の子にゴミ出しやってもらってるのを近所の人に見られたら、絶対面倒《めんどう》なことになるじゃない……！」

「『お兄ちゃんだ』って言えば大丈夫だって」

「……そう考えると便利よね、その設定。なんか、ラブコメとかにありそう」

どうでも良さそうに言いながら、志穂がキッチンへと向かう。

「疲《つか》れたでしょ？　お茶くらい出すから、帰る前に飲んでいって。前に買ったのがまだ残ってたと思うから……」

「あー、いや！　俺は水でいいよ！　コップも自分で用意するし」

コップ類は全部綺麗《きれい》に洗ったけれど、またさっきみたいな事故が起きたら困る。

慌てて、圭太も志穂を追いキッチンへ。同時に、志穂が冷蔵庫のドアを開ける。

中には、大量のお酒と、お酒と、お酒と、それからお酒が詰《つ》め込まれていた。

「…………」

「……あー、そういえば飲み物は野菜室のほうにしまってたんだったー。やだー私ったらうっかりー。ふふふふ」

圭太が無言になる中、志穂はわざとらしく笑いながら野菜室に手を伸《の》ばした。取っ手を引くと、中には大量のお酒とお酒とお酒とそれからお酒が以下略。

「えっと、本当に俺のことなら気にしなくていいから……日本は水道水が飲める国なんだし、飲み物なんか常備しなくても何も問題ないよな、うん」

「違《ちが》うの！　普段《ふだん》はあるの！　たまたま！　たまたま切らしてて！　買おうと思ってて！　本当！　本当にクズじゃないから！　信じて!!」

「だ、大丈夫だ志穂!!　お兄ちゃんは、たとえ妹が酒クズだったって、そんな些細《ささい》なことは気にしない!!　どんな妹だって可愛《かわい》い妹だからな!!」

「クズじゃないのー!!」

涙目《なみだめ》で叫《さけ》ぶなり、志穂はカバンをひっつかんで財布を取り出した。

「待ってて！　すぐそこのコンビニで買ってくるから！　すぐだから!!　私はクズじゃないから!!」

「え!?　いや、ちょっ、志穂……!?」

止める暇《ひま》もなく、志穂は部屋を飛び出して行ってしまった。

他人の家に一人で取り残される形となり、圭太は内心、「えええー!?」と叫んでしまう。

一人になったら。志穂の——大人の女性の家にいるのだという事実を、今さらのように実感する。なんだか、志穂が隣《となり》にいた時よりも緊張《きんちょう》してきた。

(い、いやいや……落ち着け、俺はお兄ちゃんだ。お兄ちゃんが妹の家に遊びに来てるだけじゃないか。何も問題はない……ないんだ……)

とりあえず落ち着こうと、大きく深呼吸したところで。

「——うわぁ!?」

突然《とつぜん》、『バターン!』という音がして、廊下の突《つ》き当《あ》たりのドアが勝手に開いた。それも勢い良く。

廊下の突き当たりの部屋……つまり志穂の寝室である。掃除の際には入れてもらえなかった、本当の意味でプライベートな空間。

が、開けてはならないはずのそのドアは今や全開で、入り口から大量の漫画《まんが》やら雑誌やらを溢れさせていた。崩《くず》れた本の重量に負けて、ドアが開いてしまったらしい。

(と、とにかく、本だけでも片付けて、ドアを閉めないと——!)

下手に触《さわ》らないほうがいいのでは、と思わなくもなかったが、崩れたまま放っておいたら表紙やページが折れてしまうかもしれない。同じオタクとして、その嘆《なげ》きは想像するに余りある。

それに、志穂が戻ってきたとき、ドアが開いているのを見られたら怒《おこ》られるかもしれない。圭太はいろんな意味で焦《あせ》りながら、散らばった漫画に手を伸ばす。

だが、いざ拾おうとして、手が止まった。

漫画だと思っていたそれは、よく見れば商業コミックではなくて、同人誌だったのだ。色々種類はあるけれど、絵柄《えがら》はどれも同じ。全て同一人物が描《か》いたものなんだろう。描かれているキャラクターは、どれもＳＧＯの妹達だ。つまりこれは、ＳＧＯの二次創作同人誌。

だが、気になるのはそれだけじゃなかった。圭太はその絵に、見覚えがあったのだ。ＨＮ《ハンドルネーム》『ＳＨＯ《シヨウ》』。ネットでＳＧＯのイラストを投稿《とうこう》している人物。特に、最近は頻繁《ひんぱん》に初陽《はつひ》のイラストを描いてくれていて、だから圭太もよく知っていた。

「――あああああああー!?」

その時、背後から凄《すさ》まじい悲鳴が聞こえてきて、圭太はビクッと硬直《こうちょく》。振《ふ》り返《かえ》って確認するまでもなく、志穂が帰ってきたのだと理解する。

ダッシュで圭太のもとまでやってきた志穂は、同人誌の山を隠《かく》すように勢い良くその場に覆《おお》い被《かぶ》さった。

　そして、小さな声で言う。

「…………み、見た……？」

「ま、まあ……表紙くらいは……」

　答えると、志穂はこの世の終わりのように、同人誌の山の上に崩れ落ちた。薄々《うすうす》答えはわかっていたのだろうけれど、それでも、希望を持っていたかったんだと思う。だが、現実は残酷《ざんこく》なのだった。

「ご、ごめんね……ドン引きしたよね……こ、こんな……女のくせに、妹キャラ萌《も》えの薄《うす》い本とか持ってて……」

「そんな!! 俺はお兄ちゃんなんだから、妹が同人にのめり込んでいようが引いたりするわけないだろ！　第一、俺も好きだよSHOさんの絵！『イラ支部』もフォローしてるし！」

「…………え？」

　むくり、とゾンビのような動作で起き上がる志穂に、圭太はスマホの画面を見せる。表示させたのは、イラスト系SNSのフォロー欄《らん》。

「え……嘘《うそ》……フォ、フォローしてるの……？　……なんで？」

「そりゃ、イラストが好きだからだよ！　初陽のイラストメインで描いてる人って全然いなかったから、検索《けんさく》で見付けて速攻《そっこう》フォローして!!」

満を持して実装された、圭太の『理想の妹』。

人気は出るだろうか、他のユーザーの反応はどうだろうと、圭太は期待一杯《いっぱい》不安一杯でその日を待っていたけれど……結果は、圭太の想像していたようなものではなく。

いや、何も人気が出なかったとかじゃないのだ。ただ、同時に実装されたＳＳＲ妹のほうがあまりにも話題になりすぎてしまって、結果、陰《かげ》に隠れたというだけで。

キャラクターの多いソシャゲでは、そんなのよくある話。

けれど、よくある話だからと言って、落ち込まずにいられるわけもなく。捨てられない未練に苦しみながらエゴサをしていたところ、見かけたのが、この『ＳＨＯ』さんが描いてくれたファンアートだったのだ。

「そ、そんなに言うほど、いいもんじゃないってば……！　漫画は初心者だから、コマ割りとか下手くそだし、お話だって単調で……」

「そんなことはない！　だって同人って技術じゃなくて愛だろ!!　っていうか、他人の作品をそんな風に貶《けな》すなんて良くないぞ志穂!!」

たとえ妹が相手でも——いや、妹が相手だからこそ、言うべきことを言うのもまたお兄ちゃんと言うもの。兄として、また同じオタクとして、圭太は妹の不適切な発言を叱《しか》る。

……が。

「……私」

「え？」

「……だから、私。これ、描いたの」

「————————……？？？？？」

意味がわからずにフリーズする圭太をよそに、志穂は立ち上がると、部屋の中からスケッチブックを取ってきた。

ぺらり、と開かれたページには、鉛筆《えんぴつ》で描かれたラフイラストの数々……どれも、ネットには公開されていないけれど、ＳＨＯさんの絵に間違《まちが》いない。

「えっと……っ、つまり？」

半信半疑のまま顔を上げると。志穂は恥《は》ずかしそうにしながら、小さな声でこう言った。

「その……初めまして。ＳＨＯ、です」

◆◆◆

改めて通された志穂の部屋は――一言で言うとすごかった。

「おおお……！」

「そ、そんな感動しなくても……」

部屋に一歩踏《ふ》み込むなり、圭太は思わず感嘆《かんたん》の声を漏《も》らしてしまう。

そりゃそうだ。床《ゆか》に所狭《ところせま》しと積まれた本や漫画。空いたスペースを上手《うま》く使ってディスプレイされたグッズ達。壁際《かべぎわ》にはフィギュアの飾《かざ》られた棚《たな》もある。誰《だれ》に見せても恥ずかしくない、オタクのオタクによるオタクのためのオタ部屋がそこにあった。

「すげー!!　やっぱ一人暮らしだとグッズとか堂々と飾れるんですね！　うち親父《おやじ》がいるからやっぱりちょっと躊躇《ためら》っちゃって！　部屋入ってくるわけじゃないんだけど、こうほら、あるじゃないですか！」

「そりゃあ、高校生だとねー……私も実家にいた頃《ころ》はそうだったし」

わかるわかる、というように、志穂は何度か頷《うなず》く。

『これが大人の余裕《よゆう》か』と、推《お》しに囲まれた部屋を見回して思う。素晴《すば》らしきかな自分の城。早く大人になりたい……。

が、グッズ以上に圭太の目を引いたのは、部屋の真ん中。テーブルに置かれたノートパソコンと、液晶《えきしよう》タブレットだった。デジタルイラストを描くための道具。圭太が惚《ほ》れ込んだイラスト達は全てこの場で、志穂の手によって生み出されたのだ。

「すげー！　俺、液タブって初めて見ました！　これ、あれですよね⁉　画面に直接絵が描けるんですよね⁉」

「テ、テンション高いわね……」

「いやだって、生でこんなの見る機会来ると思ってなかったんで！　あ、写真撮《と》っていいですか⁉」

「別にいいけど……」

ご本人の許可を得て、早速《さつそく》スマホで一枚。

「……なんならちょっと使ってみる？」

「え⁉　い、いやいやだめですよ！　俺なんか触って壊《こわ》れちゃったらどうするんですか⁉」

「まあそうだけど。さすがにそんな簡単に壊れないわよ。……っていうか、めちゃくちゃ高いんでしょ液タブって‼」

「え、なんです？」

「いや、その……君、さっきから話し方、『お兄ちゃん』じゃなくなってるけど」

「あ」

しまった、と我《われ》に返る。興奮しすぎて、つい素《す》に戻《もど》ってしまっていた。

「っていうか、仮にも大人の女の部屋にいるのに、反応するところそこなのね……」

「い、いやそれは、俺は志穂のお兄ちゃんだからほら」

「いいわよ、言ってみただけだから。自分に女らしい魅力《みりょく》があるなんて思ってないし。それに、君ら高校生からしたら、私みたいな年上はみんなおばさんと大差ないものね」

「そんなことは――」

ない、と、本心から思ったが。ここでそれを断言するのは、なんかいろんな問題が生じる気がして、圭太は思わず躊躇《ちゅうちょ》。

その間に、志穂はさっさとパソコンを立ち上げてしまった。液タブの電源を入れて何か操作すると、画面に真っ白いキャンバスのようなものが現れる。

「はいこれ、ペン。あとは普通《ふつう》に紙に描くのとおんなじだから」

「そんな畏《おそ》れ多《おお》い！　だめだって触れないよ俺は！　……そうだ。それよりさ、もし志穂が嫌《いや》じゃなかったら、何か描いてみてくれないか？」

「え？　……私？」

圭太にペンを差し出していた志穂が、その格好のまま目を丸くする。

「別に……描いてるところなんか見ても、面白《おもしろ》くもなんともないと思うけど……私なんかプロってわけでもないし……」

「そんなことないって！　言ったろ、俺はＳＨＯさんの……志穂の絵、めちゃくちゃ好きなんだよ」

「……そんなに好きなの？」

「好きだ。いやもう好きとかいう言葉じゃ足りない。最高。控《ひか》えめに言って神。いまこのとき同じ時代に生きていられる幸運を世界全てに感謝したい」

確かに、プロの作品や、ランキングの上位に入るような、華《はな》やかな絵柄ではないかもしれないが。

でも、とにかく趣味《しゅみ》が合うのだ。キャラの表情とか、ポーズとか、台詞《せりふ》とか。「こういうものが見たいんだ!!」と思っていたものを、これ以上ない形で見せてくれる。

他とは比べられない。志穂の作品だから、圭太は『好きだ!!』と思うのだ。

「……ふぅん。そう。……そうなんだ。……へぇ」

何故《なぜ》か、志穂は急に圭太から顔を背《そむ》けた。そのまま意味もなく髪《かみ》の先を弄《いじ》り始める。

「あ！　でも、もちろん、志穂が気乗りしないとかだったらいいんだからな!?」

「……別に？　気乗りしないってわけじゃ、ないけど？」

相変わらず、そっぽを向いたまま。けれど、仕方なさそうな口ぶりとは裏腹に、志穂はペンを持って液タブに向かった。

「……何かリクエストある？」

「そんな畏れ多い!!　いいんだよ、リクエストなんて！　絵描《えか》きさんはどうか心の赴《おもむ》くまま、好きなものを好きなように描いたり描かなかったりしてくれれば!!」

「さっきから大袈裟《おおげさ》過ぎない……？　絵描きのことなんだと思ってるの君」

神です。

「じゃあ……とりあえず初陽ちゃんでいいよね？　最近よく描いてるし」

言いながら、志穂の手が、液タブの画面にペンを走らせていく。

「うわぁ……！　すげぇ、イラストってこうやって描いてんですね……！　すげえ、絵が上手《うめ》ぇ……」

「そ、そんな大したことないってば……こ、こんなの落書きだしぃ……」

口では卑下《ひげ》するようなことを言いつつ、志穂の横顔は明らかに嬉《うれ》しそうだった。絵を描く速度も上がり、キャンバスの上に次から次へと可愛《かわい》い初陽ちゃんが生み出されていく。

「志穂……っていうか、SHOさんは初陽ちゃん推しなんだよな。何かきっかけとかってあるのか？」

「うーん……きっかけ、ってわけじゃないけど」

描いたばかりの自分のイラストを、志穂はしばらく見つめていた。そして、ぽつりとこう漏らす。

「……人気がなかったから、かな」

「え？」

「あ、ごめんね。こういう言い方は良くないか」

「いや、そこが気になったわけじゃないけど……」

ただ、予想外の答えだったから、戸惑《とまど》ったのは事実だ。『ここが可愛い』とか、『こういうところに惹《ひ》かれる』とか、普通、そういう話になると思っていたから。

「最初はね、そこまで刺《さ》さったわけじゃなくて。『ちょっと好きかなー？』程度だったのね。でもさ、軽い気持ちで二次絵探してみたら全然見付からなくて、『なんでよー』って思って……そっからかなぁ、本格的にハマりだしたの。なんか、感情移入しちゃうのよね。陰に隠《かく》れがちな子ってさ」

「感情移入……そういう風に好きになることもあるんだな」

「単なる自己投影《とうえい》なのかもしれないけどねー……。私の絵とかも、誰からも見向きもされないって意味じゃおんなじだし。なんかね、人ごとだと思えないのかも」

あははー、と笑う声は冗談《じょうだん》めかしていて、実際、志穂は冗談のつもりなんだろうなと思

う。そこまで深刻に悲しんでいるとか、悩《なや》んでいるとか、そんな雰囲気《ふんいき》じゃなかった。

でも。

「そんな風に言うなよ。……志穂は、いい先生だって、俺は思ってるんだから」

たとえ冗談であっても、そんな風に、自分のことを否定してほしくはない。

それなりに真剣《しんけん》に言ったつもりだったけれど、志穂はやっぱり、さっきと同じノリで笑ったただけだった。

「まーた、そうやっておだてる。いいわよ、お世辞なんて言わなくても。……向いてないって、自分でも思うし。面倒《めんどう》くさがりだもの、私」

「けど、口では『面倒だ』って言いながら、生徒のことちゃんと見てるじゃないか。それに、前に俺が騒《さわ》ぎ起こしたときも、なんだかんだ、庇《かば》ってくれたし」

自分で言うのもなんだけれど、あんな大騒ぎを起こしたら、問題児だと警戒《けいかい》されたり、疎《うと》ましく思われたりしたっておかしくない。

けれど、志穂の態度は以前からずっと変わらない。相変わらず面倒くさそうで無気力だけれど、ちゃんと、圭太の担任の先生でいてくれている。

「……本当にそう思ってる？」

床に手を突《つ》いて、志穂が身を乗り出してくる。

　急に近付いた距離《きょり》にちょっと緊張《きんちょう》しながらも、圭太はしっかりと頷き返した。

「ああ。そう思うよ。少なくとも俺は、志穂が担任の先生になってくれて、良かったって本当に思ってる」

「……そう？　私、頑張《がんば》ってるかな？　偉《えら》い？」

「ああ、志穂は頑張ってる。偉いよ」

　さすがに頭は撫《な》でられなかったけれど、圭太は心からそう返した。妹が頑張っているのだから、お兄ちゃんは全力で褒《ほ》めてあげなければ。

「そっか……。ふふっ……そんな風に褒めてもらったの、小さい頃以来だなぁ、ねえ、もっと言って？」

「ああ、何度でも言ってやる。志穂は偉い！　ちゃんと毎朝一人で起きて、学校に行って働いてるんだからな。その上ネットにイラストを上げて同人誌まで作ってる！　どんなに忙《いそが》しくっても投げ出さないで、頑張ってる志穂は本当に偉いしすごいぞ！　俺の自慢《じまん》の妹だ！」

「ふふふ、そっかぁ……私、偉いんだ。ふふふっ」

　ふにゃり、と蕩《とろ》けるように笑ったかと思ったら、志穂は突然《とつぜん》、ごろりとその場に寝転《ねころ》がった。

その場——つまり圭太の膝《ひざ》の上に。

「えっ……？　先生——し、志穂？」

「だって、私は偉いし、すごいんでしょ？　だったら……ご褒美《ほうび》ちょーだい、にぃに」

「え、なんて？」

思わず、素で聞き返してしまった。しかし志穂は起き上がろうともせず、圭太の膝の上で猫《ねこ》のように体を丸める。そして言う。

「ふふふ、にぃにのお膝の上、あったかくって気持ちいい……。もうお仕事なんて行かないで、ず〜っとこうしてたいなぁ」

はふぅ、と、心地《ここち》よさそうな吐息《といき》が膝に触《ふ》れる。

（え？　こ、これってつまり、先生、妹になってくれる気になったってことか……？　いや、いいけど、でも、なんでこんな急に？　しかも、『にぃに』って！）

いや、妹がご褒美ほしいと言っているのだから、お兄ちゃんたるものなんでもお願いを叶《かな》えてあげるのが当然の行動だけど、それにしたって急に態度が変わり過ぎな気もする。

その時、圭太は気付いた。テーブルの横に転がっているジュースの空《あ》き缶《かん》——そのラベルに表示された、アルコール度数がうんぬんという文字を。

「ちょっ……!?　せんせ——志穂!?　お酒飲んだのか!?」

「え～？　飲んでないよぅ、にぃに～。度数一桁《ひとけた》はジュースだもん～」

「お酒のことはよく知らないけど、度数９パーセントって結構ヤバいって聞いたことある気がするなぁ俺‼」

　圭太の叫《さけ》びはあっさり無視して、志穂はテーブルの上の缶に手を伸《の》ばした。そのままプルタブを開け一気飲み。圭太が口を挟《はさ》む暇《ひま》もない、流れるような手さばきだった。

というか、その缶は先ほどコンビニ袋《ぶくろ》から出して、圭太に「どうぞ」と勧《すす》めてきていた奴《やつ》だった気がするが……お酒以外の飲み物を買いに行ったはずなのに、なんでさらに酒を買い足してきているんだろう、この人。

「ね～え、にぃにも一緒《いっしょ》に飲もうよぉ？　おいしいよぉ、このジュース」

「いやそれはジュースじゃないから！　いい子だからその缶をお兄ちゃんに渡《わた》しなさい！」

「ん～、いい子ぉ？　……しーちゃん、いい子？　にぃに」

ころん、と身を捻《ひね》って、志穂がこちらを見上げてくる。酔《よ》いはさらに深くなっているようで、自称《じしょう》まで幼女化していた。

「あ、ああ。志穂は――」

「しーちゃん」

「ええと……しーちゃんはいい子だ。偉い。頑張ってる。だ、だから、あんまり飲み過ぎるのはやめような？」

「んふふ……うん。志穂ねぇ～、にぃにがそう言うなら、いい子にすりゅぅ」

とか言いながら、またしても缶に口をつけようとする志穂の手から、強引に酒を毟《むし》り取る。

怒《おこ》るかと思ったが、志穂は特に抵抗《ていこう》もしなかった。もうその判断もできないほど酔っているようで、圭太の膝に頭をのっけて、だらーんと体を伸ばしている。

「にぃに……志穂、もうねむたい……いっしょう寝《ね》て暮らしたい……」

「そ、そうか。じゃあ、いい子だからベッドに行こうな？　こ、ここで寝ちゃだめだぞ？　頑張れるな？　志穂はいい子だもんな⁉」

「うん……志穂、いい子……ベッドまで頑張る……」

ふにゃぁ、と半分以上瞼《まぶた》を閉じながら、志穂がもごもごと言う。

その手が、圭太の制服の裾《すそ》をむず、と摑《つか》んだ。「うん？」と思った次の瞬間《しゅんかん》、志穂が圭太のシャツを捲《めく》り上《あ》げ、その下に頭を潜《もぐ》り込ませようとしてくる。

「んぅ……ベッド……」

「待った！　そこはベッドじゃない‼」

　ぱっとシャツを取り返すと、弾《はず》みで志穂の頭が「ごろりん」と膝から落ちた。

「志穂～？　いい子だから起きてベッドに行こうな～……？　ほら、お兄ちゃんも手伝うから、な？」

「ん～……」

『ここで寝る』、とか駄々《だだ》を捏《こ》ねられたらどうしようと思ったけれど、幸い、志穂は素直《すなお》にお兄ちゃんの言うことを聞いてくれた。もたれ掛《か》かってくる志穂を担《かつ》ぐようにして、なんとかベッドまで運んでいく。

「し、志穂！　ベッドに着いたぞ！　よく頑張ったな！　偉かったな！　もう寝ちゃっていいからな！」

「だめ……着替《きが》えないと……」

「着替──着替え⁉　え、着替えるのか⁉　ここで⁉」

「だってこのまま寝たら服が皺《しわ》になっちゃうもん……」

「そこだけ冷静⁉」

　圭太が泡《あわ》を食っている間に、志穂はさっさとシャツのボタンに手を掛ける。

「わ、わかった！　じゃあにいに、着替えが終わるまで向こうに行ってるからな⁉　何かあったら呼んで──」

かされる。

「だぁめ～。にぃにはぁ、ここにいるのぉ」

踵《きびす》を返そうとした矢先、首根っこを摑まれベッドに座らされた。そして無理矢理振《ふ》り向《む》かされる。

「にぃに。志穂はぁ、いい子だよ？　一人で朝起きれるしぃ、一人で仕事も行けるし、着替えだって一人でできるんらから」

「そ、そうだな！　わかってる、志穂はとってもいい子だ！」

「そだよぉ。だからねぇ……一人でお着替えできるところぉ、ちゃんと見ててねぇ」

にこぉ、と、志穂は顔一杯《いっぱい》の笑み。

対する圭太は、言われたことの意味がわからずに呆然《ぼうぜん》とする。

瞬《まばた》きもできない圭太を置き去りにして、志穂はにっこり笑顔のまま、『お着替え』を始めた。

のろのろと、覚束《おぼつか》ない動きで、細い指がシャツのボタンを外していく。見てはいけない、とわかっているのに、顔を背《そむ》けようとするたびに志穂に取り押さえられてしまって、圭太はもうパニック寸前だ。

（お、落ち着け俺……!!　大丈夫《だいじょうぶ》だ、俺は志穂のお兄ちゃんなんだから……!!　兄妹《きょうだい》だったら、目の前で生着替えくらいなんてことない――）

プチ。

(妹——)

ごそごそ。

(お兄ちゃん——)

シュルリ。

(兄妹——————)

「あれぇ……ホック外れないや……んしょ……」

(いや無理!!!!!!　兄妹でもこれは無理!!!!)

プロのお兄ちゃん達が見れば、『お前の兄力はそんなものか』と鼻で笑われるかもしれない。圭太自身、自分の未熟さを不甲斐《ふがい》なく思う。でもこれは無理。

「悪い志穂!!　俺やっぱりちょっと部屋の外に――」

「あ〜！　行っちゃだめだって、言ってるのにぃ！」

逃《に》げ出すには一歩遅《おそ》かった。酔っ払いとは思えない俊敏《しゅんびん》な動きで飛びかかられ、圭太はベッドの上に押《お》し倒《たお》されてしまう。

乗っかられる。ベッドの上で。年上の女性、それも担任の先生に。

（いや違《ちが》う女性じゃなくて妹!!　年上だけど妹!!　兄妹ならいかがわしくないもん!!）

必死にそう言い聞かせるけれど、心臓は落ち着くどころか暴れる一方だった。

「ふふふ〜……捕《つか》まえたぁ。にぃにがぁ、悪いんだからね？　志穂のこと、置いてったら、めっ、なんだから」

身動きできない圭太に、志穂が顔を近付けてくる。にっこりと微笑《ほほえ》んだ瞳《ひとみ》が、そのままゆーっくりと閉じていって……。

「……志穂？」

「………………………すよ」

「え、ちょっ……!?　ま、待ってくれ！　この状況《じょうきょう》で寝るのは――んぶっ!!」

支えようと思う暇もなく、志穂の体が崩《くず》れ落ちてきた。途轍《とてつ》もなく柔《やわ》らかな感触《かんしょく》が顔面を押し包《く》む。有《あ》り体《てい》にいうとこれはおっぱい。

「んぐ、むっ……⁉ ぷはぁ！」

一瞬《いっしゅん》、真面目に窒息《ちっそく》の危機を感じた。慌《あわ》てて志穂の体を押しのけ（もちろん胸には触《さわ》らないよう気をつけて）、なんとか死の危険から脱出《だっしゅつ》する。

……が。

「……にぃに」

すやすやと眠《ねむ》る志穂の手は、がっちりと圭太の体を抱《だ》き締《し》めたままで。

（う、動けない……）

……仕方ない。完全に寝入《ねい》れば腕《うで》の力も緩《ゆる》むだろうし、それまで大人しくしていよう。

「えへへぇ……にぃに……志穂のこと、もーっと褒《ほ》めてぇ……」

寝言《ねごと》でも、志穂は引き続き酔っ払っていた。微笑む顔は幸せそうで、しかし、執拗《しつよう》に褒められようとするその寝言の内容からは、日頃《ひごろ》の鬱憤《うっぷん》みたいなものを感じなくもない。

（先生にも、色々あるんだろうなぁ。きっと）

せめて夢の中では、満足いくまで、褒めてもらえているといい。

「……よしよし。志穂はいい子だ。いい子、いい子……」

どうせ動けないのだしと、圭太は志穂の頭をそっと撫《な》でてやる。

ふにゃ、と緩んだその顔は……とても幸せそうだった。

◆◆◆

――チュンチュン、と、鳥の鳴き声が聞こえる。

（ん……？）

圭太が瞼を開けると、部屋の中は明るかった。手探《てさぐ》りでスマホを確認すると、時刻はもうすぐ八時になるところ。

（学校は……土曜だから休みか……）

もう少し寝よう、と、起こしかけた体を再び横たえる。顔を埋《う》めた枕《まくら》は何故《なぜ》かいい匂《にお》いがして、人肌《ひとはだ》のような温《ぬく》もりがあり、普段《ふだん》使っているものとは明らかに感触が違ったけれど、それも二度寝《にどね》の誘惑《ゆうわく》の前には些細《ささい》な問題だった。

再び、圭太は安らかに目を閉じ――。

（……って、やばい‼　今日燃えるゴミの日だ‼）

クワッ、と、寝落ちしかけた意識が急浮上《きゅうふじょう》。今日を逃《のが》したら次に捨てられるのは木曜日なのだ。この時期、可燃ゴミを溜《た》め込むわけにはいかない。

慌てて起き上がろうとしたところで――ベッドについた手が、「むに」、と、柔らかいものに埋まる。

（ん？）

反射的に手元を見下ろして、

「ううう……頭、痛ぁ……。あー……またやっちゃった……」

ベッドに寝そべったまま、呻《うめ》くような声を漏《も》らしているのは志穂だった。自分の手が、彼女の胸元にばっちり触《ふ》れているのが、他人事《ひとごと》のように視界に映る。

「ん……？　あれ……なんか真島くんの顔が見える……。まだ酔《よ》ってるのかなぁ、私……ふぁ」

「いや、あの……幻《まぼろし》じゃないです……現実です」

「――――――んぇ？」

「すみませ――じゃない、わ、悪かった志穂。落ち着いたら帰ろうと思ってたんだけど、俺もあのまま寝ちゃって……」

「い、いいの、ぜ、ぜん、全然何も問題ないし……わた、私達は兄妹なんだから、そんな、と、泊《と》まっていくぐらい、なんでもないものねっ。ね⁉」

コンビニのカフェラテに口をつけつつ、志穂が震《ふる》える声で言う。

溜まりに溜まった燃えるゴミは無事回収され、圭太は志穂に朝食をご馳走《ちそう》になっていた。

……とはいえ、何か作ってもらったわけではなく、彼女がコンビニで買ってきたパンとコーヒーをいただいているだけだが。

「そう、大丈夫、何も問題ない……ないったら……。兄妹なんだからあれはノーカン！ノーカンなの……！　は、初めての相手が酔った勢い、それも受け持ちのクラスの生徒だなんて、バレたらいろんな意味で生きていけない……‼」

ぶつぶつと呟《つぶや》かれる声は大体全部聞こえていて、圭太は顔が赤くなるやら青くなるやら。

「……そ、そうだ！　親御《おやご》さんにはちゃんと連絡《れんらく》した？」

「あ、もちろん。それはしっかり……」

結局無断外泊《がいはく》になってしまったので、父には先ほど電話しておいた。さすがに先生の家にいるとは言えなかったので、『友達の家』と言って誤魔化《ごまか》したが……。

「そ、そう。ならいい――いや良くないか……。えっと……色々迷惑《めいわく》掛《か》けて、ごめんね本当に。これ食べたら、もう帰りなさい。……私も今日は、原稿《げんこう》があるし」

「原稿？　あれ、もう次のイベントの原稿描《か》いてるのか？」

圭太もＳＨＯさんのことはフォローしているから、イベントの予定はある程度把握《はあく》している。直近のイベントは確か来週。さすがにそっちの準備は終わっているだろうから、原稿というと、次の新刊だろう。

……が。

「何言ってるの真島くん。まだ明日のイベントも終わってないのに次の原稿なんかできないでしょ。明日の新刊に決まってるじゃない」

「ああ、そうか。明日の――え、明日の？」

思わず、圭太は壁《かべ》の時計（ＳＧＯ公式アクリルクロック）を見た。ついでにスマホで今日の日付も確認。しかし何度確かめても、今がイベント前日の朝九時であることに変わりはない。

「え、ええと……志穂？　俺、あんまり詳《くわ》しくないんだけど、同人誌って、前日に脱稿《だっこう》しても間に合うものなのか……？」

「大丈夫《だいじょうぶ》大丈夫。コピー本だし、今から十二ページ描けば終わるから」

当たり前のような笑顔《えがお》で言い、志穂は優雅《ゆうが》にカフェラテなんか飲んでいる。焦《あせ》ったような様子は微塵《みじん》もない。

だが、何故だろう。同人誌の作り方も漫画《まんが》の描き方も何も知らないのに、危機感だけが沸々《ふつふつ》と募《つの》ってくるのは。

「……そ、そうか。志穂がそう言うならそうなんだろうな。……それなら、俺のことは気にせず、もう始めちゃったらどうだ？　早いに越《こ》したことはないだろ？」

「んー、でも、今日は天気いいし。溜まってる洗濯物《せんたくもの》やっちゃいたいのよね。それが終わってからでもいいかな」

「いや、今すぐやろう!!　洗濯なら俺が代わりにやるから!!　志穂はほらペン持って!!　パソコンの電源入れるな!?」

「え、でも私、まだご飯が――」

「にぃにが食べさせてやるから!!　だから原稿やろう!!　他のことは何もしなくていいから!!」

「何故」の焦りに突《つ》き動かされて、圭太は半ば無理矢理、志穂を液タブに向かわせる。

……予感が間違《まちが》いでなかったと知るのは、溜まっていた洗濯物を全て干し終わった頃《ころ》だった。

「真島くん……私、大変なことに気が付いちゃった……。これ無理だわ」

「今さら⁉ だ、大丈夫《だいじょうぶ》だ‼ まだ今日終わってないぞ志穂！」

「でも、印刷して製本する時間もあるし……」

「俺が手伝うから‼ せっかくここまで頑張《がんば》ったんだろ⁉ できたところまででいいから本にしよう志穂！ っていうか俺も新刊ほしいですSHO先生‼」

「……次で本気出す」

「それ次もやらない奴《やつ》‼」

「だぁって無理なものは無理だもん～……。えーん、にぃにがしーちゃんのこといじめるよぅ～……」

べた、とテーブルに突《つ》っ伏《ぷ》し、志穂は泣き出した。……よく見たら、その足下《あしもと》には酒の空《あ》き缶《かん》がいくつも。

「ええと……しーちゃん？ いまどこまで終わってるんだ？」

「ん……」

むくりと頭を起こし、志穂は液タブの画面を指さす。前半部分はきちんと描き込みがされているが、残り半分は下描きのままだった。

ただ、清書されていないだけで、読む分には今のままでも十分楽しめる。最初のほうが綺麗《きれい》に描かれている分、読み進めていったら一瞬びっくりするとは思うが……。

「よし。じゃあこうしよう、しーちゃん。もうちょっと……そうだな。夜まで頑張ってみて、できたところまでで本にするんだ。コピーしてホチキスで留める作業はにぃにが代わりにやるから」

「……ホント？　にぃにも手伝ってくれる？」

「手伝う手伝う」

「最後まで見捨てない？」

「見捨てない見捨てない」

だから新刊をお恵《めぐ》みください、神。

圭太の祈《いの》りが通じたのか、志穂は「じゃあ頑張る……」と体を起こした。その手がのろのろとペンを握《にぎ》るのを見て、圭太はひとまず胸を撫で下ろす。

が、その矢先。

「……にぃに。しーちゃん、お腹空《なかす》いた」

「ああ、そっか……。そういえばもうすぐお昼だもんな」

とはいえ、志穂の家の冷蔵庫にまともな食材が入っていないのは確認済み。作るにせよ出来合いで済ませるにせよ、買い出しに行かなければどうにもならない。

「わかった。俺が買い物に行ってくるよ。食べたいものとかあるか？」

「じゃあね、しーちゃんビールがいいな！」

「アルコールはご飯に含《ふく》まれないんだぞ、しーちゃん」

「でも、ビールって麦が原料だから実質穀物だし、つまり主食だよね？」

「違《ちが》うぞ、しーちゃん」

冷静に事実を告げると、志穂はきょとんとしていた。

「……わかった。じゃあ、何かパパッと食べられそうなもの見繕《みつくろ》ってくるから。しーちゃんはその間に、原稿進めるんだぞ？　にぃにと約束だからな？」

「え!?　にぃに出掛《でか》けちゃうの!?」

「だからずっとそう言ってるじゃないか！　酔っ払ってないで話し聞いてしーちゃん!!」

「えー、やだやだ。にぃにが一緒《いっしょ》にいてくれないとしーちゃん頑張れない～……」

ぎゅむ、と圭太の腕《うで》にしがみつき、志穂は駄々《だだ》を捏《こ》ねるように首を振《ふ》った。

「でも、しーちゃんお腹空いたんだろ？」

「うん……」

「買い物に行かないと何も食べられないから。それじゃ嫌《いや》だろ、な？」

「うん…………」

「うんうん、しーちゃんはいい子だな。じゃあちょっとだけ我慢《がまん》して――」

「やだ」

思わず、『えー……』と声が出そうになるわがまま具合だった。これじゃ本当にちっちゃい子だ。

（……しょうがない）

志穂に片腕《かたうで》を掴《つか》まれたまま、圭太はスマホを手に取った。

圭太が買い物に行けないのなら、残された手段は一つ。ご飯のほうから、こっちにやってきてもらうより他にないのだった。

◆◆◆

「――はい、お待ちどおさま！　仕出し弁当二人前ね！」

「悪いな、初葉。休みの日なのに」

「へーキ、へーキ。どうせお店はやってるんだし。……でも、びっくりしたよー。まさかお兄ちゃんがセンセのお家《うち》にいるなんて」

「まあ、俺も出前で……」

志穂の家の玄関先《げんかんさき》で、圭太は初葉が持ってきてくれた弁当を受け取る。

まだ酔《よ》っ払《ぱら》っている志穂は、とりあえず寝室《しんしつ》に籠《こ》もってもらっていた。何も知らない初葉に今の状態を見せるのはやはり避《さ》けたい。妹の名誉《めいよ》を守るのもまた、お兄ちゃんの大切な役目なのだから……。

「出前ってことは……センセ、レンタルお兄ちゃんのバイト、許してくれたってこと？」

「いや。まだそういうわけじゃないけど……でも、こうやってレンタルしてもらえてるってことは、十分可能性あると思うんだ！　ここで『お兄ちゃん』の頼《たの》もしさをアピールして、なんとか認めてもらえるよう頑張るから、心配しないでくれ！」

「……本当に大丈夫？」

『俺を信じて任せてくれ！』と言いたかったのだが、初葉の顔は心配そうに曇《くも》ったままだった。……暗に頼《たよ》りにならないと言われたような気がして、圭太はちょっと落ち込む。

「あ、違うよ!?　お兄ちゃんが頼りになんないとか信じらんないとかじゃなくてね！」

「もし、本当にそう思われてるんだったら、俺はかなりへこむんだが……」

「だから違うってば⁉　お兄ちゃんがお兄ちゃんしてくれるなら、きっとセンセも『レンタルお兄ちゃん』に夢中になるよ！　重課金兵間違いないって、主任さんも言ってたし！」

「いや、そこまでハマられると逆に困るんだが……」

「うん、アタシも困る……」

「いや初葉が言い出したんだろ⁉」

「あわわ、ちがっ⁉　そういう意味じゃなくて——と、とにかくね！　アタシは、お兄ちゃんなら絶対大丈夫だって、信じてるから！　それが言いたかったの！」

ふん、ふんと鼻息荒《あら》くしつつ、初葉は力強くそう言ってくれた。

なんだか言わせてしまったような気がしないでもないが……しかし、初葉がそう思ってくれているのは本当だろう。

だったら圭太も、その信頼《しんらい》には応えなければなるまい。

「ああ、任せとけ。これからも初葉のお兄ちゃんでいるためにも、頑張るからな」

「……うん。アタシもね、お兄ちゃんには、ずっと、お兄ちゃんでいてほしい」

そう言う初葉が、まだどことなく不安そうに見えて、圭太はそっとその頭を撫《な》でる。

頑張ろうと思った。

この妹が、もう二度と、こんな顔をしなくても良くなるように。

――まだ手伝いがあるという初葉を下まで見送り、圭太は志穂の部屋に戻《もど》る。

「しーちゃーん。ご飯が届いたぞー……うわぁ!?」

弁当片手に寝室のドアを開け、思わず悲鳴を上げてしまった。

というのも、志穂が虚《うつ》ろな目をして、壁の一点をじっと見つめていたからだ。

「…………にぃに」

「ど、どうしたんだ、しーちゃん……」

「パソコンが壊《こわ》れた……」

志穂の前には、ひっくり返ったビール缶と、ビールまみれになってうんともすんとも言わなくなったノートパソコン。

――結局、SHO先生の新刊は、コピー本ではなく手描《てが》きのペーパーになった。

◆◆◆

「……色々考えたんだけど。アルバイトって、結局学外の活動だし。担任がそれに責任持つ必要とか、ないと思うのよね。面倒《めんどう》だし、そういうの」

——志穂が再びお店を訪《たず》ねてきたのは、共に修羅場《しゅらば》を乗《の》り越《こ》えたあの日から数日後のことだった。

「あ、あのね？　誤解しないでほしいんだけど、これは、あんまり真島くんがしつこいから、他の先生に変な誤解されたら困ると思ったからで……べ、別にね？　またたまに掃除《そうじ》しに来てほしいなとか、修羅場の時に手伝ってもらったら助かるなとか、そういうわけじゃないからね……？」

どうやらそういうわけらしい。

「ありがとうございます、先生！　俺、絶対に先生に迷惑《めいわく》は掛けませんから！　俺の手が必要なときはいつでもレンタルしてください!!」

「だ、だから誤解しないでってば！　私は、そこまで言うなら知らなかったことにしてあげてもいい、って言ってるだけ！　公式と同人ぐらいの距離感《きょりかん》でいたいの、わかる!?　積極的に利用するつもりとかないから！」

「……二次創作っていえば、こないだの新刊、次のイベントで買えるの楽しみにしてますね」

「そ、そういうの人前で言わない……！」

志穂にだけ聞こえるよう、そっと小声で言う。志穂は怒《おこ》ったようなことを言っていたけど、赤くなった顔は、まんざらでもなさそうだった。

「まあ……人生変わったっていう真島くんの言葉も、あながち間違《まちが》いでもないかもって思ったしね」

「え？」

「だって、入学したての頃《ころ》の真島くんって、もっと大人しかったじゃない。……少なくとも、自分から人に、あんなお節介《せっかい》焼くようなタイプじゃなかったでしょ。……それが『レンタルお兄ちゃん』のおかげだっていうなら、頭ごなしに否定するのはなんか、違うかなって」

語る言葉には特に熱さも温かさもなく、いつもの通り面倒くさげ。

だけど、だからこそ、これは志穂の偽《いつわ》りない本音で真心なんだろうと、圭太は最近思うようになっていた。

わかりやすい優《やさ》しさとは違うけれど。彼女の言葉には、良くも悪くも嘘《うそ》がない。

だから、信頼できる。そういう人が自分達の担任でいてくれるのは、きっと、幸せなことだ。

「第一ね、バレないように、って言うけど、私としてはそれだけじゃ不安なの、ぶっちゃけ。どうしても続けたい、私に面倒掛《か》けないって言うなら、それなりのことをしてほしいわけ」

「……っていうと？」

「ほら。一学期の頃、真島くんに言ったでしょ。アルバイトを申請《しんせい》制にするって話」

「ああ、はい。ありましたね」

そんなことになったら『レンタルお兄ちゃん』は廃業《はいぎょう》せざるを得ないと、あのときは焦《あせ》ったものだ。結局何事もなくて安心したけれど。

「あれね。正式に採用されることになったから」

「そうなんですかっ!?　え、じゃ、じゃあ俺は結局、どう足掻《あが》いてもバイトを辞《や》めなきゃいけないってことに……!?」

「誰《だれ》もそんなこと言ってないでしょ。申請して、許可もらえれば堂々と続けていいんだから。……まあ面倒なのは確かだけど」

「面倒とかそういう問題じゃないですよ!! 許可なんかされるわけないじゃないですか!? 大体、たったいま先生が学校にバレるなって言ったばかりなのに——」

「だから、逆転の発想よ。バレたらまずいなら、バレても問題ないようにしちゃえばいいってこと」

「いや、だから、それってどういう……?」

困惑《こんわく》する圭太に代わって、志穂の言葉に頷《うなず》いたのは玲だった。

「なるほど。確かに、働き先が高校生として問題のない場所なら申請は通る……要は学校側に、それをアピールすればいいと」

「そういうことです」

「……すみません。言ってる意味がよくわからないんですけど」

認めてもらえる気がしないからバレないようにしていたのに、『認めてもらえばいい』という志穂の結論は矛盾《むじゅん》していないだろうか。

圭太の怪訝《けげん》な視線を受け、志穂は面倒くさそうに……しかし、面倒だからと口を噤《つぐ》むこともなく、ちゃんと答えを返してくれた。

「大丈夫《だいじょうぶ》。それについては私に提案があるから……まあ、認めてもらえるかどうかは、真島くん次第だけどね」

第三章　そこで文化祭ですよ

「――初めまして。野中玲《のなかれい》と申します。このたびは、お招きいただいて光栄です」

「いえいえ！　こちらこそ、ご足労いただき恐縮《きょうしゅく》です。さ、どうぞお掛《か》けください」

学校の、応接室。初めて入った――なんなら、そんな部屋があったことさえ初めて知ったその場所で、圭太《けいた》は玲と共にソファに収まっていた。

隣《となり》に座る玲は、ぴっしりとしたスーツ姿。いつもと雰囲気《ふんいき》が違《ちが》って見えるのは、いま話しているのが『仕事』に関する話題だからだろうか。

「改めて――野中さん。このたびは、当校での講演会の依頼《いらい》を引き受けていただき、感謝の念に堪《た》えません。私はこの歳《とし》ですので、最近の流行にはどうも疎《うと》いのですが、深山《みやま》先生のお話では、大層有名なゲームをお作りになられているとか……。いやしかし……」

言葉が途切《とぎ》れ、校長先生の視線が横にずれる。

「いや全く、驚《おどろ》きました。まさか我が校の生徒が、そちらの会社でアルバイトをしていたとは」

「は、はい！」

校長先生と目が合って、圭太はビクッと背筋を伸《の》ばす。

「真島《まじま》くんはとてもよく働いてくれています。私自身、彼の姿勢に学ぶことも多い。本当に優秀《ゆうしゅう》な生徒さんだ。学校での講演会にご招待いただくのは初めての経験ですが、彼らのサポートがあるなら安心して当日に臨《のぞ》めます。改めて、よろしくお願い致《いた》します」

「いえいえ、こちらこそ何卒《なにとぞ》……」

にこやかに握手《あくしゅ》を交わす大人達の横で、圭太と初葉《はつは》は、緊張《きんちょう》に強張《こわば》った顔を見合わせるのだった。


（……っ、疲《つか》れた……）

てくてくと廊下《ろうか》を歩きながら、圭太はげっそりと肩《かた》を落とす。慣れない場でひたすら緊張していたせいか、ただ座っていただけなのに疲労感《ひろうかん》がすごい。

顔合わせが終わると、玲は『仕事があるので』と帰って行った。志穂《しほ》の話では、これからも何度か打ち合わせをして、詳細《しょうさい》を詰《つ》めていくとのこと。

圭太はというと、講演会の『サポートスタッフ』として、説明を聞くために職員室に向かっているところだ。

——文化祭で行われる、特別ゲストによる講演会。その講師として玲を招くことが、志穂の提案の内容だった。

文化祭には、来年度に受験を控《ひか》えた中学生や、その両親も見学に訪《おとず》れる。宣伝のためにも、講演会にはできるだけ著名人を招きたいというのが運営側の意向らしい。

だが、著名人のツテなどそうそうあるわけもなく、大抵《たいてい》は卒業生に来てもらうか、先生達が適当にお茶を濁《にご》して終わりということが多いのだそう。今年もその流れだったが、そこで志穂が、『アテがある』、と玲の話をしたのだという。

「年配の先生方は『ゲームなんて』みたいな顔してたけど、ほら、ＳＧＯってテレビＣＭも打ってるじゃない？　名前くらいは聞いたことがあったみたいで、『そんなに有名なところなら』ってことで、上手《うま》いこと丸め込めたってわけ。……まあ、それもこれも野中さんが話を受けてくれたおかげだけど」

講演会が好評を博せば、玲と、彼女の勤める会社である『SGO社』への先生達の心証も良くなる。学校に申請する際は、『レンタルお兄ちゃん』という名前は出さずに、『SGO社でバイトしています』と伝えれば、それ以上聞かれることもないだろう、というのが志穂の見立てだった。実際、嘘ではないのだし。

「ありがとうございます、先生。俺達のためにそこまで考えてくれて——」

「別に、お礼とかいいから。あのままだったら私が担当押し付けられそうだったし、面倒なことしなくていいなら助かると思っただけだし」

「で、でも、助かったことには変わりないですから！　俺、できる限り頑張《がんば》りますね！」

実際に壇上《だんじょう》に立つのは玲だが、彼女は普段《ふだん》から何かと忙《いそが》しい。講演は引き受けるけれども、事前の準備にそこまで時間は割《さ》けないという話だ。

だからこそのサポートスタッフ。講演が成功するかどうかは、圭太の頑張りに掛かっている……とまでいうと大袈裟《おおげさ》だが。当日になってトラブルが、なんてことにならないよう、準備は念入りにやっておきたいところだ。

「それで、具体的には何をすればいいんですか？」

辿《たど》り着《つ》いた職員室。何やら机をごそごそとやっている志穂に、そう尋《たず》ねる。

「あー、ごめん。私もよく知らないのよ。去年まで担当してた先生が春先によそへ移っちやってて」

「え⁉　じゃあどうするんですか⁉」

「まあ、適当に説明会出て、野中さんの話聞いて、指示されたことやっとけばいいんじゃない？」

「そんな適当でいいんですか⁉　だってこの講演が上手く行かなかったらバイト認めてもらえないかもしれないのに‼」

「まー大丈夫でしょ。講演の内容自体は野中さんが考えるんだし、広報もやってくれるって言ってたし。そこそこ人が集まって、大きいトラブルさえ起きなきゃ学校側は満足だろうから」

「それは、そうかもしれませんけど……」

確かに、圭太自身が人前に出て何か話をするわけではない。加えて言えば、雑用以上のことができるほどのスペックが、そもそも圭太にない。

しかし……本当にそれでいいのだろうか。このまま、玲と志穂におんぶに抱《だ》っこで。

（いやいや‼　いいわけないだろ‼）

雑用以上のことができないのだとしても、せめてできる範囲《はんい》のことは頑張りたい。

だって、圭太はお兄ちゃんなのだから。他人を当てにしてばかりいたら、妹達に、顔向けができないと思うのだ。


ひとまず、圭太はもらったプリントを手に教室へ戻《もど》る。

玲の都合もあって、顔合わせは夕方になってから始まったため、もう下校時刻も間近だった。廊下には見回りをしている風紀委員の姿もある。圭太も、仁奈《にな》に叱《しか》られる前に帰らなくては。

が、カバンを取って昇降口《しょうこうぐち》に向かったところで、圭太は足を止めた。

人気のない下駄箱《げたばこ》。近くの壁にもたれ掛かるようにして、初葉が座り込んでいたのだ。

「初葉？　何してるんだ、こんなところで——」

「すぴょー……」

近付いてみると、初葉はかくりかくりと船を漕《こ》いでいた。ご丁寧《ていねい》に涎《よだれ》まで垂らして、なかなかの熟睡《じゅくすい》っぷりだ。

（おいおい……）

平和そのものの光景に、圭太は思わず苦笑。

「おーい。起きろ、初葉ー。こんなとこで寝《ね》てたら風邪《かぜ》引くぞ。……っていうか、仁奈に見付かって怒《おこ》られるぞ」

「──ふぁ⁉　仁奈姉⁉」

身の危険を察知した動物のごとく、初葉はすごい勢いで飛び起きた。

その拍子《ひょうし》に、初葉の額が圭太の顎《あご》を直撃《ちょくげき》。二人して痛みに蹲《うずくま》る。

「あたたた……あ、あれ、お兄ちゃん？　あれ、え、仁奈姉は……？」

「いや……仁奈は最初からいないよ。初葉が完全に寝入ってるから、起こそうと思ってさ……ほら、手」

「あ、ありがと」

まだ床《ゆか》にしゃがみ込んだままの初葉を、引っ張り起こしてやる。

「けど、どうしたんだよ。こんなとこで居眠《いねむ》りなんて」

「え、えーと、寝るつもりはなかったんだけど……っていうか、寝たつもりもなかったんだけど。なんか、気が付いたら寝ちゃってたみたい」

「気が付いたらって……」

授業中ならまだしも、こんなところで寝落ちるなんてよっぽどのことだろう。

「……文化祭近いし、準備大変なのはわかるけどさ。あんま無理すんなよ」

最近は文化祭の準備も本格的に始まって、どこのクラスも遅《おそ》くまで生徒が残っている。もちろん圭太達もだ。

そこまで大変な作業をしているわけでもないはずだが、やはり疲れてはいるようで、圭太自身も、電車に乗っている最中にガクッと意識が落ちたりする。

初葉は家の手伝いもあるだろうし、何より女の子だ。知らず知らずのうちに疲れを溜《た》め込んでしまっていてもおかしくない。

だが、圭太の心配をよそに、初葉は「だいじょーぶ！」と元気に言って拳《こぶし》を握《にぎ》る。

「だって、アタシも今度の文化祭は頑張らなくちゃだもん！　頼《たよ》りになるってとこ見せて、先生達のジンボー獲得《かくとく》しなさいって、深山センセにも言われてるし！」

――そうなのである。

『……言っておくけど、真島くんだけじゃなくて、片瀬《かたせ》さん達も他人事《ひとごと》じゃないから。これからもお店に通いたいって言うなら、相応の保険を用意してもらわないと困るの』

曰《いわ》く、アルバイトだけではなく、普通《ふつう》にお店に通うだけでも、やはり先生に知られたら問題視されかねないとのことで。万が一誰《だれ》かに見られても、『あの生徒はしっかりしているからおかしなところには出入りしないだろう』、と先生達が思うくらい、学校での振《ふ》る舞《ま》いを改めてほしいということらしいのだ。

といっても、仁奈と瑞希《みずき》はもとより、学内では有名な優等生で、先生達からの人望も厚い。圭太を庇《かば》ってくれたときの仁奈がそうだったように、『彼女が言うなら』と周りを納《なっ》得《とく》させられるだけの実績はもう備えている。

……つまり。志穂の話は要するに、『片瀬さんは人望も実績もないんだから、これを機に頑張りなさい』ということなのだった。

「だからね、アタシも、お兄ちゃんと一緒《いっしょ》に、講演会のお手伝いさせてもらおうと思って！　それで、お兄ちゃんのこと待ってたの。別にバイトしてなくても、ボランティアは参加していいんだよね？」

「そりゃ、参加するだけなら自由だけど……けど、初葉は店の手伝いだってあるだろ？」

「それは……だ、大丈夫《だいじょうぶ》！　アタシ、体力には自信あるし！」

「バカ。疲れてこんなとこで居眠りしてたくせに、何言ってるんだよ」

「うっ……」

額を軽く小突《こづ》いてやると、初葉は困ったように口を噤《つぐ》む。やはり図星だったのだろう。

「心配すんなよ。元々手伝いを頼《たの》まれたのは俺だし、だったら、俺が頑張らないと始まらないだろ」

「でも……アタシも頑張んないといけないし……」

「だったら、初葉はクラスの準備のほうを頼むよ。俺、講演会の準備があるから、手伝えない時があると思うし。その分、初葉が手貸してくれると助かる」

やり方次第ではあるだろうけど、学校行事に熱心な姿を見せれば、先生達の心証も良くなるはずだ。もちろん、張り切りすぎて問題を起こしたりすれば元も子もないわけだが……。

「そ、そっか、なるほど……。わかった！　お兄ちゃんがそう言うなら、クラスのほうはアタシに任せて！」

「ああ。……けど、ホントに頑張りすぎるなよ？」

「大丈夫!!」

「いや、だからさ……」

気合い十分な初葉を前に、圭太はいまいち、心配な気持ちが拭《ぬぐ》えないのだった。

◆◆◆

とにかく、頑張るにしても、具体的に何をやればいいのか決めないことには何もできない。

志穂によると、講演会の手伝いに生徒が参加するのは例年のことらしい。去年ボランティアをした生徒に話を聞けば参考になるのでは、という話だ。

……というわけで。

「――兄さん！　お待たせしました！」

放課後。圭太が校門前で待っていると、程なくして、待ち合わせの相手である瑞希がやってきた。

彼女の後ろには、圭太の知らない女生徒。ボランティアの情報を集めるにあたり、圭太は二年生の知り合いである瑞希に、誰か心当たりがいないかと尋ねていたのだ。きっとこの女子生徒が、瑞希の『心当たり』なのだろう。

「み、瑞希ちゃん⁉ じゃなかった、妹尾《せのお》先輩《せんぱい》！ が、学校でその呼び方は……」

「大丈夫です。兄さんのことは、クラスのみんなには話してありますから」

「話——え、なんて？」

「結婚《けっこん》の話はなくなったけれど、今でも尊敬する兄さんです、と」

「それ、親の話だってちゃんと説明してくれてるよね⁉」

ちらっと、瑞希の後ろのクラスメイトさんを窺《うかが》う。

真面目そうな、眼鏡を掛《か》けた女子。圭太を見つめるその瞳《ひとみ》には、後輩《こうはい》を相手にするには不釣《ふつ》り合《あ》いな緊張《きんちょう》と、それと同等の尊敬の念が見て取れた。

「初めまして！ 私、妹尾さんのクラスメイトで小野《おの》と言います！ よろしくお願いします！」

「よ、よろしくお願いします、真島です。えっと……でもあの、俺一年なんで、そんな、敬語とかいいので……」

「いいえ！　妹尾さんの師匠《ししょう》にため口なんてできません！」

「は、はあ……」

そういえば学校での瑞希は、終業式に表彰《ひょうしょう》されるほどの優等生なのだった。小野さんのこの様子を見るに、きっとクラスでも、頼りにされているのだろう。

「妹尾さんからお話は聞いています。講演会のボランティアについてお知りになりたいんですよね」

「あ、はい。今年は俺達が担当することになったので、良ければ、去年はどんなことをしたのか、お話聞けないかと思って……」

「わかりました。私で良ければ、なんでも聞いてください」

先にバイトに向かうという瑞希と別れ、圭太達は近くのファミレスに移動する。

ざっと挙げてもらっただけでも、やるべきことは多そうだった。文化祭のパンフレットに載《の》せる紹介《しょうかい》文の作成、当日必要な機材の申請《しんせい》、来場者へ配る資料の印刷、宣伝用のチラシの用意……などなど。当日のパフォーマンスの内容によっては、もっと増えるかもしれない。

「私達がやったのは、こんなところです。今年の講演会でどんなことをするかによっても、必要なことは変わると思いますが、基本的には以上で問題ないかと」

「ありがとうございます！　参考になりました！」

クラスの出し物の準備もあることを考えると、かなりのハードワークになりそうだが、だからこそ意味があるとも言える。『お兄ちゃん』として、弱音を吐《は》いているわけにはいかない。

協力してくれた小野さんにお礼を言って、ファミレスを出る。

……が、去り際《ぎわ》、何故《なぜ》か「妹尾さんとお幸せに！」とか言われたのが気になった。これ以上変な誤解が生じないよう、後で瑞希と相談しておかなければ……。

（……あれ。主任からメッセージ来てる）

アプリを開くと、タイミング良く、『講演会の件で話がある』との内容。呼び出された場所は、SGO社近くの喫茶店《きっさてん》だった。

「主任、お待たせしました」

「ああ。早かったな。座ってくれ」

玲がいたのは四人がけのボックス席。すぐに、圭太は玲の向かいの席に座ろうとするが、そこで何故か玲に止められる。

「待った。真島くんは私の隣《となり》に。今日はもう一人来てもらう予定なんだ」

「え？　誰か他の社員の人とかですか？」

「いや、社外の方だが。どっちみち講演会には無関係じゃない。君にもいてもらおうと思ってな」

「社外って……何をしている人なんですか」

「それは……ああ、いや。まずは座ってからだな。何か飲みながら話そう」

「あ、はい」

首を捻《ひね》りつつ、圭太は言われるまま玲の隣へ。

その拍子《ひょうし》に、玲が使っていたノートパソコンの画面が目に入り、圭太は「あっ」と声を漏《も》らす。

「あれ、これ初陽《はつひ》じゃないですか⁉」

「ああ。講演会で使おうと思ってな。簡単にだが作ってみたんだ。静止画のイラストより、動きがあったほうがキャラクター性も伝わりやすいだろう？」

画面上で再生されていたのは、３Ｄモデリングを用いた動画。初陽と思《おぼ》しき『妹』が、様々なモーション、表情で動いている。

「まあ、講演に必ずしも必要な要素ではないんだが」

「ないんですか⁉　え、じゃあなんで作ったんですかわざわざ⁉」

「そりゃあ、君が具体的に我が社でどういう働きをしてくれているか、学校側に理解してもらわなくてはならないからな。講演を引き受けたのもそのためだし、アピールは派手なほうがいい」

「へ？　あ……ありがとう、ございます」

「礼には及《およ》ばないよ。君に辞《や》められてしまっては、困るのは私だからな」

そう言って笑う玲を前に、圭太はなんだか不思議な気持ちになる。

初めて会ったときは、『なんなんだこの人』と思ったし、今でも割とよくそう思わされるが。

それでも、圭太が自分で思っている以上に、この人は、圭太達のことを大切にしてくれているのだと思う。そう考えるようになったのは、夏の旅行での一件があってからだ。

改めて、頑張《がんば》ろうと思う。応援《おうえん》し、助けてくれる人が、自分の周りにはたくさんいるのだから。

「……そういえば、結局、これから来るもう一人っていうのは」

「ああ。実は、講演で使う資料に、何点か新規のイラストを入れたいと思っていてな。依《い》頼《らい》していたイラストレーターさんと打ち合わせをと」

「え⁉　来るんですか⁉　イラストレーターさんがここに⁉　え、俺、いていいんですか⁉」

「君だって学校側の関係者だろう。何も問題はないさ」

「そ、そうですか……」

　そうは言われても、にわかに緊張してきた。志穂の正体が実はＳＨＯ《シヨウ》さんだったと知ったときも驚《おどろ》いたけれど、まさかこんな短期間に二人もの絵描《えか》きさんと顔を合わせることになるなんて――。

「ＨＮ《ハンドルネーム》はＳＨＯさんという人でな。ネット上での知名度はまだ高くないが、個人的に惹《ひ》かれるものを感じて依頼させてもらったんだ。引き受けてくれるかは難しいところだと思っていたが、ひとまず打ち合わせにこぎ着けられて良かった」

「…………」

「ん？　どうしたんだ真島くん。言いたいことを無理矢理飲み込んだみたいな顔をしてるが」

「いや、あの……ってことは、主任は知ってて依頼したわけじゃ……？」

「なんの話だ？」

　玲はどうやら、本当に知らないようだった。様子のおかしい圭太を見て、明らかに怪訝《けげん》な顔をしている。

　圭太が事情を話す前に、店のドアが開く音がして。コツコツと、靴音《くつおと》がこちらへ近付いてくる。

「………なんで真島くんまでいるのよ」

驚く玲と、なんとも言えない顔をする圭太を見て。ＳＨＯさんこと志穂は、はあ、とため息を吐《は》き出していた。


──打ち合わせが終わると、玲は一旦《いったん》会社のほうに戻《もど》っていった。

圭太は喫茶店を出て、志穂と一緒《いっしょ》に駅への道を歩く。

と、少し離《はな》れた位置を歩いていた志穂が、じろり、と圭太を睨《にら》んできた。

「……お節介《せっかい》は、レンタルしてる間だけにしてよね」

「なんの話ですか？」

「とぼけない。野中さんに私のこと話したの、真島くんでしょ」

「おかしいと思った」と、志穂のため息が続く。

「私みたいな無名の絵描きに公式から依頼来るなんて、あり得なすぎて、最初はスパムかなんかかと本気で思ったもの……。公式に確認の問い合わせ送っちゃったわよ」

「あははは……」

笑ってしまったのは、自分もバイトの採用通知が来たとき、同じことを考えたからだった。

「でも、詳《くわ》しく話聞いてみたら、うちの講演の件っぽかったし、『ああ、なるほどね』って思って……。真島くんが、私の絵を好きだってことはわかったけど。こういうのって公私混同なんじゃない？」

「違《ちが》いますよ。俺は何も話してませんって。俺だって驚きましたよ、主任から『ＳＨＯさんが来る』って聞いて」

「……本当？　適当言って誤魔化《ごまか》そうとしてない？」

嘘《うそ》を見破ろうとしてか、志穂がずい、と顔を近付けてきた。

距離《きより》の近さに驚きつつ、でも、嘘を言っていると思われても困るから、圭太はじっと志穂の目を見返す。

「本当ですって。なんでそんなに疑うんですか」

「……だって、あり得ないじゃない。もっと有名な人一杯《いっぱい》いるのに、私みたいのが、なんて」

「俺はSHOさんの絵、好きだって言ってるじゃないですか。主任も同じだったんですよ、きっと」

「簡単に言わないでよ。長年底辺絵描きやってると色々拗《こじ》らせるの。そんな素直《すなお》に喜べるんなら最初からこんな闇《やみ》背負ってないったら……」

「……でも、引き受けてはくれるんですよね？」

先ほどの打ち合わせ、志穂は『一旦考えさせてもらっていいですか』と言って、回答を保留にしていた。

もちろん、文化祭の近い今は教師の仕事も忙《いそが》しいのだろうし、無理にとは言えないが……でも、圭太は志穂に、ぜひ引き受けてほしいと思っている。

だって、志穂は初陽のことを好きだと言ってくれた相手だから。

彼女がVTuberとして登場する講演で、志穂がイラストを描《か》いてくれたら、きっと、もっといろんな人が、初陽の可愛《かわい》さに気付いてくれるはず——。

「……期待してるっぽいところ悪いけど、今回の件は、やっぱりお断りするから」

「えー⁉」

「だって、学校でイラストなんか公表して、オタバレしたら人生終わるじゃない」

「だ、大丈夫《だいじょうぶ》ですよ！　名前出るわけじゃないんだし、バレませんって！」

「でもやっぱり無理。……そもそも、公式にイラスト使ってもらうほどの腕《うで》じゃないし。アタシみたいなのは、ネットの片隅《かたすみ》でほそぼそーと絵上げてるぐらいがちょうどいいのよ。やっぱり……」

そんなことはない、と思った。

だって、志穂が頑張っていたこと、圭太は知っている。その努力は、やっぱり、報《むく》われていいものだと思うのだ。

……とはいえ、オタバレしたくないと言う志穂の言い分も、確かにわかる。

せっかくのチャンスではあるが……何も、今回を逃《のが》したら志穂が絵を描くのを辞めてしまう、という話でもない。

むしろ、無理に勧《すす》めて万が一オタバレ、なんてことになったほうが、筆を折ってしまう確率が高い気がした。それでは元も子もない。

（まあ、残念ではあるけど……）

叶《かな》うなら。志穂の描いてくれた、圭太の自慢《じまん》の、『理想の妹』を、講演の場でたくさんの人に見せたかった。

「……そ、そんなに落ち込まないでよ。なんか、私が悪いことしたみたいじゃない……」

「じゃあ引き受けてくれますか⁉」

「それはごめん、無理」

「期待させるようなこと言わないでくださいよ……」

今ではなくても、いつか、志穂の絵が多くの人の目に留まる機会が訪《おとず》ればいい。隣を歩く志穂の顔を見ながら、圭太はぼんやりとそんなことを思った。

◆◆◆

――かくして。手《て》探《さぐ》りながらも一歩ずつ、圭太は講演会への準備を進めていく。

が、それだけ頑張っていればいいというものでもないのだった。クラスの出し物だって、やはり準備は必要なので。

「――風紀委員の見回りです！　もう下校時刻は過ぎていますよ！　速《すみ》やかに片付けて下校――……あれ？　お兄様？」

「よう。お疲《つか》れ、仁奈」

薄暗《うすぐら》い、放課後の校舎。圭太が一人で居残っていると、仁奈が教室に入ってきた。腕にはお馴染《なじ》みの、『風紀委員』の腕章《わんしょう》をつけている。

「え？　は、はい。ありがとうございます……って、『お疲れ』ではありません！　下校時刻以降の居残りは禁止されていると、先生からも注意があったはずですよ！」

「うっ……わ、わかってるって。もうちょっとやったら帰るから……」

「だめです！　すぐに下校準備を始めてください！　……第一、まだ居残りまでするような時期ではないでしょう？　他のクラスの生徒だって、もうほとんど帰っているのに」

「そうなんだけど……俺、クラスの準備のほう、あんまり参加できてなくてさ。少しでも進めておこうと思って……」

内装の案もぼちぼち決まり始め、圭太達の属する飾《かざ》り付《つ》け班も作業に取りかかっていた。ただ、圭太はこのところ講演会の準備に掛《か》かりきりで、なかなか作業に参加できていなかったのだ。今日も、教室に戻ってきた頃《ころ》には他のクラスメイトは帰ってしまっていて、せめて少しだけでもと、一人で残っていたのである。

「お兄様が、講演会のボランティアを引き受けたことは聞いています。……事情があるのですから、クラスの出し物の準備は免除《めんじょ》してもらっては？　両立するのは、さすがに大変でしょうし」

「そうなんだけど……できるだけ、自分でやれるところはやりたいと思ってさ」

仁奈の言うとおり、『ボランティアのほうを優先したい』と頼《たの》めば、多少は融通《ゆうずう》を利《き》かせてもらえると思う。

でも圭太は、初葉の行動がちょっと気掛《きが》かりだった。最近の初葉は、なんだか、必要以上に『頑張《がんば》るから！』と意気込んでいる気がする。

圭太がクラスの準備に参加できなかったら、『アタシがお兄ちゃんの分まで！』と、また変に張り切ってしまうんじゃないかと思った。店の手伝いだってあるだろうし、あまり心配は掛けたくない。

「けど……確かに、時間過ぎてるのはまずいよな。悪い、仁奈。すぐ支度《したく》するから――」

「……私が、他の教室を見て回って、戻ってくるまでですよ」

「えっ」

驚く圭太から、仁奈はふいっと視線を逸《そ》らした。その頰《ほお》がうっすらと赤くなっているのが、暗がりの中でも見て取れる。

「ただし、私が戻ってきたらすぐに帰れるよう、準備だけはしておいてくださいね！　いいですね！」

「わかった！　助かるよ、仁奈」

そそくさ、と出て行く仁奈の背中に、そう声を掛ける。

――仁奈が戻ってくるのは、思っていたよりも遅《おそ》かった。「じっくりと見回りをしていたんです！」と言い張る彼女に連れられ、一緒に校舎を出る。

「そういえば、仁奈のクラスは何やるんだ？」

「街の郷土史と本校の成り立ちをまとめた展示を行う予定です」

「へ、へえ、郷土史……ひょっとして、それって仁奈の案なのか？」

「そうですが……え、なんですかその顔は」

「いや、なんでも」

首を振《ふ》る圭太を、仁奈はなんだか拗《す》ねたような目で見ていたが。やがて、気を取り直したようにこんなことを言ってくる。

「……でも、あまり根を詰《つ》めすぎないでくださいね。無理をして、体を壊《こわ》しては元も子もないんですから」

「けど……やっぱり、バイトを認めてもらえるかどうかって俺の問題でもあるし。先生は適当でいいって言うけど、多少は頑張ってるとこ見せないといけないと思うんだよ」

それに……仁奈の前では言いづらいが、圭太には一学期に騒《さわ》ぎを起こした前科がある。

アルバイトの申請《しんせい》を出す前に、可能な限り先生達の印象を良くしておきたいところだった。

しかし、圭太の心配をよそに、仁奈は『大丈夫ですよ』と優しく笑っている。

「少なくとも……私は、『お兄ちゃん』が私達のためにしてくれたことを、見ていますから。無理に結果を出そうとしなくても、気付いてくれる人は、きっと他にもいるはずです」

「……そう思うか？」

「はい。……妹の言葉が信じられませんか？」

それを言われると弱い。圭太が「まさか」と返すと、仁奈は満足そうににっこりと笑った。

――気付いてくれる人はいる。

仁奈と下校した数日後。圭太は早くも、その言葉が事実であったことを実感させられることになる――。


「……あのさ、真島。ちょっといいか」

「え？　いい、けど……」

声を掛けてきたのは……圭太がこのクラスで最初にできた二人の友達。以前はよくSGOの話題で盛り上がったりしていたけれど、噂《うわさ》が広まって以来、なんとなく話しかけにくくて、最近はちょっとした会話をするだけになっていた。

だが、今日の二人は、昨日までとは少し様子が違《ちが》って見える。

「えっと……どうかしたのか？」

「いや、その……ほら、俺ら衣装《いしょう》の担当だっただろ？」

「最初は自分達で縫《ぬ》うって話だったんだけど、なんか結局、よそから借りれることになったっぽくて……やることなくなっちまってさ。今から飾りの担当になったんだよ」

「だからさ、その……真島の分も、少し俺らが手伝えたらと思って。ほら、お前さ、なんかボランティアで忙《いそが》しいんだろ？」

「え、けど……」

圭太が驚《おどろ》いていると、二人はばつが悪そうに目を見合わせる。

「いや、ほら、例の噂は誤解みたいだって、片瀬も言ってたしさ……」

「変にビビって避《さ》けたりして、今まで悪かった。ホントごめん」

「お前ら……！」

思わず、目頭が熱くなった。

こんなことで泣くなんて大袈裟《おおげさ》かもしれない。けれど、圭太は本当に嬉《うれ》しかったのだ。

自分達は本当に『友達』だったんだと、そう思えて。

瞳《ひとみ》を潤《うる》ませる圭太を見て、友人達はなんだかくすぐったそうな顔をした。そして言う。

「最初はさ。課金する金ほしさに、やベーバイトに手を出したのかと思ってたんだけど」

「よく考えたら、真島にそんな度胸もなさそうだなと」

「お前ら……」

感激の涙《なみだ》が一瞬《いっしゅん》で引っ込んだ。

「いやー、だってさー。お前目がマジなんだもん課金してるとき」

「ついにやっちまったのかと思ってさー」

「当たり前だろガチャしてんだから!!　誰《だれ》だって血走るわ!!」

「怒《おこ》るなよ。冗談《じょうだん》だって、半分は」

「俺達友達だろー？」

肩《かた》を組もうとしてくる二人の手を、乱暴に押しのける。

それができることに、内心、少しだけホッとしつつ。

◆◆◆

「──真島くん、そろそろいい？　鍵《かぎ》閉めちゃいたいんだけど」

「あ、悪い。もうちょっとなんだ。俺が閉めとくから、先帰っててていいぞ」

「ホント？　じゃ、お願いしちゃおっかな」

「じゃーねー」と、クラスメイトが一足先に帰っていく。

中間試験を来週に控《ひか》え、休日の登校が許可されるのも今日で終わり。それまでに少しでも進めておきたいと、圭太は今日も、遅くまで居残りをしていた。

既《すで》に、他のクラスの生徒はほとんどが帰っているようだ。圭太も施錠《せじょう》を済ませて、足早に職員室へと向かう。

「失礼しまーす。鍵返しに来まし……先生？」

休みの日だからか、職員室にも人はほとんどいない。

いるのは当直の志穂だけで、その志穂はというと、机に突《つ》っ伏《ぷ》して盛大に居眠《いねむ》りをしていた。

「先生。すみません、起きてください……鍵持ってきました」

「んん……あー、真島くん……？　ハッ⁉　待って‼　今何月何日の何時何分⁉」

ガバッと、志穂が飛び上がる。そしてきょろきょろと辺りを見回し——今が別に修羅場《しゅらば》中ではなかったことを思い出したらしい。はぁ、と、安堵《あんど》のため息と共に、その体が再びイスに沈《しず》んだ。

「また原稿《げんこう》ギリギリなんですかSHO先生……」

「違うってば。今のは寝《ね》ぼけてただけ……次はちゃんと余《よ》裕入稿《ゆうにゅうこう》するから」

『まだ慌《あわ》てるような時間じゃないもの』と、志穂が続ける。

「その割にお絵かきソフト起動してますけど……え、っていうか学校で薄《うす》い本描《か》いてるんですか⁉」

　机の上には、小型のタブレットらしいものが置いてある。すぐそばにはタッチペン。何かイラストを描いていたらしいのは見ればわかった。

「違《ちが》っ！　そんな恐《おそ》ろしいことしないわよさすがに！　これは——」

　訂正《ていせい》しようとして、しかし、志穂は言葉を詰まらせた。しまった、とでも言うように。

　おかしな反応に首を捻《ひね》るのと同時、圭太は気が付く。よく見たら、画面に映っているのはイラストではなくて——。

「これ……コースターですか？」

　何か目立つ企画《きかく》がほしいということで、文化祭当日は、クラスオリジナルのコースターを作ってお客さんに出そうという話になっていたのだ。発想がオタクのコラボカフェっぽいけれど、もしかしたら提案者は同類なのかもしれない。

　ただ、それは確か、発案した生徒が画像を用意するという話になっていたはずだが……。

「あー……それがね。もらったデータがネットの画像使った奴《やつ》で……」

「えええ……」

「よくあるんだよねぇ……。生徒だけじゃなくて先生でもやらかす人普通《ふつう》にいるし……。最初に注意しとけば良かったなぁ、ホント……」

無断転載《てんさい》、ダメぜったい。

「このまま発注はできないし、時間的にすぐ直して送らないと間に合わないから、代わりに私が描こうと思って……」

「……直してたんですか？　一人で？」

「だって他にどうしようもないし。あとで担当の子には説明しないといけないけど……」

『面倒《めんどう》くさいなぁ』と、志穂はため息を吐《は》き出した。

「起こしてくれてありがと……鍵は預かっとくから、真島くんはもう帰んなさい。じゃないと私が怒られるし」

「いや、けど……俺も何か手伝えることありませんか？」

「え、いいわよそういうの。もうほとんど終わって、あと送るだけだし」

志穂はそう言うものの、圭太は『じゃあ俺はこれで』とは言いづらく、その場に留《とど》まってしまう。

そんな圭太をちらりと見て、志穂は。

「……真島くんも損な性格してるわね。さっさと帰っちゃっていいのに」

「それは、先生もじゃないですか？」

『やる気がない』、あるいは『不真面目』と、クラスメイトから、志穂はそんな風に見られている。

文化祭の諸々《もろもろ》についてもそう。志穂は最初のHR《ホームルーム》の段階から、『面倒くさいから自分達でなんとかして』と言って憚《はばか》らなくて。だからクラスのみんなも、『先生に任せてもしょうがないし』と、いろんな事を自分達で決めたりして。

……本当は。目に見えないところで、いろんな事、気遣《きづか》ってくれているのに。

「そんな陰《かげ》からこっそり、みたいなことしないで、みんなに言ったらいいじゃないですか」

「いやよ、そんな面倒くさい……。大体、似合わないもの……」

そう言う志穂の声には、面倒くささ以上に、照れくささとか、気後れとか、そういうものが滲《にじ》んでいる気がした。

「ほら、無駄話《むだばなし》してないでさっさと帰る。言うこと聞かないと、バイトの件、認めてあげないからね」

「そ、それってずるくないですか……」

圭太の控えめな抗議《こうぎ》は黙殺《もくさつ》されてしまった。無言の圧力に負けて、圭太は大人しく職員室を後にする。

（先生はああ言ってたけど……やっぱ、このままっていうのはな）

思い出すのは、数日前に仁奈が言ってくれた、『頑張《がんば》っていれば、見ていてくれる人はいる』という言葉。別に、褒《ほ》められるために頑張っているわけではないのだとしても、自分のしてきたことが報われて、嬉しくない人なんていないはずだ。

それに……志穂自身のためという以上に、圭太が願っている。志穂が自分達のためにしてくれていることを、他のみんなにも知ってほしいと。

（なんとかできればいいけど……コースター、先生が描いてくれてたっていうのをみんなに伝えれば……いや、でも、そういうのってあんまバレたくないのかもな……）

うっかりＳＮＳのアカウントを見付けられでもしたら、志穂は本当に学校を辞《や》めてしまうかもしれない。

何か他にアイデアはないかと考えながら、圭太は暗くなった校舎を後にするのだった。

◆◆◆

「――はい、お疲《つか》れ様《さま》でしたー。問題ないみたいなので、リハーサルは以上で！　明日はよろしくお願いします」

「『よろしくお願いします!!』」

時間は飛ぶように過ぎ、いよいよやってきた、文化祭前日。圭太は講演会の行われる体育館で、リハーサルに参加していた。

当日、体育館では講演会の他にも様々な出し物が予定されている。タイムテーブルの確認から機材の点検、待機場所や撤収《てっしゅう》時の動線の調整など、リハーサルは入念に行われ、全て終わる頃《ころ》には、もう下校時刻が間近だった。

早く帰らないとまた見回りの仁奈に怒られてしまう——そう思い、足早に校舎へ戻《もど》ろうとしていたところで。

「お兄ちゃん!」

「……あれ?　初葉?」

体育館を出たところで、待っていた初葉に呼び止められる。

周囲に他の生徒がいないから、初葉は最初から妹モードだ。ただ、体育館にはまだ他の生徒や先生が残っているので、圭太は念のため、初葉を連れて離《はな》れた場所に移動する。

「この辺まで来ればいいか……それで、どうしたんだ。クラスのほうで何かあったとか?」

「んと……お兄ちゃんのこと、待ってたんだ。ホントはもっと早くに声掛けようと思ってたんだけど……お兄ちゃん、今日ずっと忙《いそが》しそうだったから」

「あー、悪い。待たせちゃったな」

「ううん。アタシが待ってたかっただけだもん。それより、お兄ちゃん。リハーサルお疲れ様」

『お疲れ会してこーよ』、と初葉に誘《さそ》われ、向かったのは購買《こうばい》横の自販機《じはんき》。本当なら、すぐに帰らなければいけないのだけれど、初葉が楽しそうにしていたから、もう少し付き合うことにする。

「……お兄ちゃん、ジュースの缶《かん》じっと見つめてどしたの？」

「いや……これはちゃんとノンアルコールだよなと思って」

「え、だってこれジュースだよ？」

「世の中には度数一桁《ひとけた》はジュースだって言い張る人もいるからさ……」

「なんの話？」

首を捻る初葉と、ジュースで乾杯《かんぱい》する。

なんの変哲《へんてつ》もないオレンジジュース。けれど、妙《みょう》に美味《おい》しく感じられるのは、無事に明日を迎《むか》えられそうだという安心と、達成感があるからだろうか。

最初は不安も多かったが、終わってみればあっという間だったと思う。あとは、本番をやり遂《と》げるのみだった。

とはいえ、実際に壇上《だんじょう》に立って話すのは玲なので。準備を終えてしまえば、圭太の出番は裏方と片付けくらいしか残っていないけれども。

「結局、クラスの準備のほうはあんまり参加できなかったな……今日もほとんどリハーサルに掛《か》かりっきりだったし」

「でも、それはみんなにも話してあるし。その代わり、アタシがお兄ちゃんの分まで頑張ったから！」

既に、クラスのほうの設営は完了《かんりょう》し、みんなは一足早く解散したらしい。中には前夜祭に繰《く》り出《だ》すリア充《じゅう》もいるようで、聞けば初葉も誘われているらしい。

「行かなくていいのか？」

「うん。ちょっと……あのね、お兄ちゃん。話があるんだけど、いい？」

じっとこちらを見つめる初葉は、なんだか緊張《きんちょう》している様子だった。

だが、初葉がその『話』を始める前に。

「――誰《だれ》ですか！　こんな時間まで残っているのは！　生徒は速《すみ》やかに作業を終えて帰宅してくださいと、先ほど放送があったばかりですよ!!」

「わわわっ、ご、ごめんなさい――って、なーんだ。仁奈姉かぁ。びっくりした～」

一瞬《いっしゅん》ビクッとした初葉だったが、近付いてくる人影《ひとかげ》が仁奈だとわかると、途端《とたん》に力を抜《ぬ》いてジュースを飲み始めた。すかさず、「寛《くつろ》がない！」と仁奈。

『なーんだ』ではありません！　あなたは私をなんだと思っているんですか」

「だって仁奈姉だし」

「どういう意味ですか⁉」

「あ、仁奈姉もジュース飲む？」

「飲みません。ほら、寛いでいないで下校準備をする！」

「はーい」

仁奈に追い立てられる形で、初葉はジュース片手に歩き出す。

圭太もその後に続き、教室に向かおうとして。

「……あの、お兄様？」

不意にだった。隣《となり》を歩く仁奈が、小声で話しかけてくる。前にいる初葉にも聞こえないだろう小さな声。

「その……いきなりすみません。学校で話をしていいか迷ったのですが、今でないと言えそうもないので……明日の、文化祭のことなのですが。お兄様を、『レンタル』しても構いませんか？」

「そりゃあ、もちろん。ただ――」

「わかっています……独《ひと》り占《じ》めにするつもりはありません。初葉とも、その話をしていたのでしょう？」

そう言って笑った顔は、初葉の背中を見ていた。

正確に言えば、初葉と文化祭の話はまだしていないのだが、圭太が訂正《ていせい》する前に、仁奈は話を続けてしまう。

「当日は、お兄様も大変でしょうから。少しの間で構いません。私にも、お兄様の時間を、『レンタル』させてください」

「わかった、任せてくれ」

「……はい。楽しみにしています」

笑った仁奈の顔は、子供のように無邪気《むじゃき》だった。小さい頃の彼女を、思い出す表情。それがまた見られたことを、圭太は嬉《うれ》しく思う。改めて。

「——あれ？　兄さん？」

ふと、階段の上から聞こえた声に、圭太達は揃《そろ》って顔を上げた。そこには、カバンを手にした瑞希の姿。

「あ、こんばんはー。妹尾先輩《せんぱい》」

「こんばんは。初葉さん。皆《みな》さんも、もう帰るところですか？」

「うん。瑞希ちゃんも？」

「はい。あ、そうだ！　良かったら、一緒《いっしょ》に帰りませんか？　私、兄さんに聞こうと思っていたことがあって……明日の文化祭なんですけど」

「「あー」」

「え？　あれ、私、何かおかしなことを言いました……？」

◆◆◆

「……そういえば、初葉。さっき言いかけてた話って、やっぱり明日のことか？」

教室に着いて、見回りに戻るという仁奈と一旦《いったん》別れて。帰りの支度《したく》をしながら、圭太は初葉に声を掛ける。

仁奈からも、瑞希からも、『明日は一緒に』と言われたばかりだ。

それに何より、圭太自身、初葉と一緒に過ごしたい。

はしゃぐ初葉に手を引っ張られながら、あちこち出し物を見て回って――それはきっと、とても楽しいだろうから。

……けれど。初葉の口にした言葉は、圭太の予想とは少し違《ちが》っていた。

「うん……あの、お兄ちゃん。文化祭の後、またこうして、二人で会えないかな？」

「え？　終わった後に？」

「うん」

すう、と、初葉の息を吸う音が聞こえる。

「……アタシ。お兄ちゃんに、大事な話があるの」

そう言って、こちらを見つめる初葉は、今までに見たこともない顔をしていて。圭太は一瞬、答えを返すのが遅《おく》れてしまう。

「……お兄ちゃん？」

「あ、ああ……。わかった、終わった後だな。覚えとくよ」

「うん。約束ね！　ゼッタイ、だからね！」

「わ、わかったって……」

指切りげんまん、と、絡《から》めた小指をブンブン振《ふ》り回《まわ》される。

「そんなに力一杯《ちからいっぱい》握《にぎ》らなくても……」

「だって、大事な話なんだもん！　ホントにホントに、イッセイチダイの告白なんだから……！」

「……なんか、そう言われると、俺もちょっと緊張してくるんだが」

一体何を言われるのか、全く予想がつかないだけに、なんだか落ち着かない。もちろん、たとえどんな告白をされようとも、初葉が大事な妹であることに変わりはないが……。

「あ、そだ。お兄ちゃん、それはとりあえず置いといてね。その……文化祭でも、時間あったら、ちょっと一緒に見て回んない？」

「一世一代の告白を置いておいていいのか……」

「それは終わった後にするから！　そのために、終わる前にお兄ちゃんと一緒にいて力を溜《た》めておきたいの！」

「……わかった。っていうか、そんなの、お願いされるまでもないよ」

「ホント？　えへへ……ありがと、お兄ちゃん！」

そうして、前日の夜が過ぎていく。

夜が明ければ――あとはもう、本番を迎えるのみだった。

第四章　スポットライトは君のため

「──『お兄ちゃん』！　アイスティーと、マドレーヌセット！　二つずつねー！」

「おう！」

ひょこ、と、カーテンの向こうから、初葉《はつは》がお客さんの注文を伝える。ちょうど手が空いていた圭太《けいた》は、すぐさま用意に取りかかった。

まだ文化祭が始まってからそれほど時間は経《た》っていない。

にもかかわらず、一年三組による『妹喫茶《いもうときつさ》』はなかなかの盛況《せいきょう》ぶりを見せていた。メイド喫茶とか執事《しつじ》喫茶とか、その手の出し物を出しているクラスは他にもあるが、『妹喫茶』とかいうワードの意味不明さ……もとい、珍《めずら》しさもあってか、圭太達のクラスはその中でも注目を集めているようだ。

圭太の担当はバックヤード。何しろお客さんがひっきりなしなのでそれなりに忙《いそが》しいが、それでも、居酒屋のめまぐるしさに比べれば大したことはない。

ただ、それより気になって仕方ないのは——。

「おにーちゃーん！　アイスミルクティー二つねー」

「初——片瀬《かたせ》、ちょっといいか……？」

「何、お兄ちゃん？」

圭太の手招きに応じて、接客を担当していた初葉がバックヤードに入ってくる。

その服装は、フリルのたっぷりついた可愛《かわい》らしいメイド服。目玉のコスプレの一つとして、衣装《いしょう》係が用意していたものだ。普段《ふだん》の教室の初葉とも、妹している時ともまた違う雰《ふん》囲気《いき》。教室でお兄ちゃんとか呼ばれている状況《じょうきょう》も相まって、圭太は必要以上にドギマギしてしまう。

……というか。そもそも圭太が初葉を呼び止めた理由も、そこなわけで。

「その……片瀬。バックヤードでまで『お兄ちゃん』って呼ぶのやめないか……？」

「えー。何言ってんの、『お兄ちゃん』。『妹喫茶』なんだから、ちゃんと妹になりきんないと」

にんまりと、教室で圭太をからかうときの笑顔で、初葉が言う。

「……さてはお前、最初っからこのつもりで妹喫茶とか言い出したな」

「えー？　お兄ちゃんが何言ってるのかアタシわかんないなー」

とぼける初葉はひたすら楽しそうだった。学校で、クラスのみんなの前で、堂々と圭太を『お兄ちゃん』と呼べるのが、よっぽど嬉しいらしい。

「それよりお兄ちゃん、ほら！　ちゅーもん！」

「わかってるって……ほらこれ、マドレーヌとアイスティー」

「はーい」

慣れた手付きでトレイを抱《かか》え、初葉はバックヤードを出て行こうとする。

「わかってると思うけど、足下《あしもと》気をつけろよ」

「大丈夫《だいじょうぶ》だっ——わきゃっ⁉」

心配で声を掛《か》けたのだが、結果的にタイミングが悪かった。初葉が圭太を振り返るのと同時、バックヤードに人が入ってきて、避《さ》けようとした初葉はバランスを崩《くず》してしまう。

慌《あわ》てて、圭太は飲み物の載《の》ったトレイを死守。もちろん、大事な妹を抱《だ》き留《と》めることも忘れない。

「ご、ごめんお兄ちゃん……。お皿大丈夫だった？　零《こぼ》れてない？」

「いや、今のは俺が悪かった。それより、怪我《けが》してないか？」

「うん、へーき。お兄ちゃんが助けてくれたし」

えへへ、と、いつもの調子で初葉が笑《え》みを浮《う》かべたところで、二人揃ってハッとする。

そういえば今は、周りにクラスメイトがいたのだった。

「──なーんて！　どう？　アタシのいもーとっぷりもなかなかでしょー？」

慌てて圭太から離《はな》れて、初葉はパチリとウィンク。クラスメイトは上手《うま》く誤魔化《ごまか》されてくれたようだったけれど、素《す》を知っている圭太はヒヤヒヤして仕方ない。

「……ほら。今度こそ気をつけていけよ」

「はーい」

今度こそ、無事にバックヤードを出て行く『妹』を見送って、圭太は再び自分の作業に戻《もど》る。

と、一緒にバックヤードを担当していた女子が、こそっと話しかけてきた。

「なんかさー。真島《まじま》と初葉、ホントに兄妹《きょうだい》みたいじゃん？」

「は!?　な、なんだよいきなり……」

「だって、なんか今日いつもより仲良さそうだし？　さっきだってかっこ良く抱き留めちゃってさ～」

「ひ、人をからかってないで、手動かせって！」

「はいはい、『お兄ちゃん』」

そう。まだまだ一息つくには早いのだ。

文化祭は、始まったばかりなのだから。

◆◆◆

（……遅《おそ》いな、仁奈《にな》のやつ）

教室でのシフトを終えた後。圭太は、仁奈との待ち合わせ場所である昇降口《しょうこうぐち》に来ていた。

仁奈は仁奈で、直前まで風紀委員の仕事があり、ここで合流する約束になっている。

だが、約束の時間が近付いても、仁奈の姿は一向に見えない。いつもは早めに来て圭太を待っていることが多いから、珍しいなと思った。

ひょっとして、仕事で何かトラブルでもあったのかと思ったところで、スマホに仁奈からメッセージが届く。

『すみません。少し遅れます』

内容は、簡潔にそれだけ。やはり、仕事が押してしまっているのかもしれない。

少し考えてから、圭太は返信を打ち込む。

『わかった。なら、俺がそっちに行くよ』

仁奈がいるのは、校庭にある案内所のテントのはずだ。ここからならそんなに遠くないし、ボーッと待っているよりはいい。

一応、行き違いにならないよう気をつけつつ、人混みを避けてテントへ向かう。

仁奈の姿は、すぐに見付かった。他の風紀委員らしい相手と、何か話し込んでいる。その横顔は、なんだか困った様子。

（……何かあったのか？）

声を掛けてみようとしたところで、仁奈のほうが先に圭太に気付いた。話していた委員に軽く頭を下げて、仁奈がこちらに駆《か》け寄《よ》ってくる。

「真島くん！　すみません、約束に遅れてしまって……！」

「そんなのいいって。それより……なんか困ってたみたいだったけど」

「それが……そろそろ交代の時間なのですが、次の担当の生徒が二人とも来ないんです。サボるような人達ではないのですが」

案内所の受け持ちは二人体制。探しに行こうにも、仁奈ももう一人の生徒もなかなか持ち場を離れられず、困っていたという話だった。

「すみません。すぐにそちらに向かうつもりだったのですが、見通しが甘くて……」

「仁奈が謝ることじゃないだろ。それに、そういうことなら、仁奈——」

俺が手伝うよ。そう、圭太が言うより早く。

「だから……お兄様を、呼ぼうと思っていたんです」

小さな、圭太にだけ聞こえる声で、仁奈がそう言った。そして、ポケットの中から何かを差し出す。

よく見れば、それは仁奈がつけているのとよく似た腕章《わんしょう》だった。

「お兄様……私、いま、困っているんです。なんとかできないかと頑張《がんば》ってみましたが、一人では、どうにもならなそうで……。だから、お願いです。力を、貸してもらえませんか？」

そう言って、仁奈は圭太に腕章を差し出した。

かつては頑《かたく》なに、圭太を頼《たよ》ることを拒《こば》んでいた仁奈が……今は自分から、その手を伸《の》ばしてくれている。

だったら、圭太の返事は最初から決まっていた。

「ああ。任せとけ」

「はい。ありがとうございます、真島くん」

渡《わた》された腕章を受け取ると、仁奈はほっとしたように笑った。何事もなかったように、『真島くん』と口にする顔は、いたずらが成功した子供のようだ。

「よし、じゃあ早速――」

「あ、待ってください真島くん！　先に腕章をつけてからです、決まりなんですから」

「あ、そうだよな。悪い、すぐに――あれ？　ええと、これ、どうやってつけるんだ……？」

腕章は安全ピンで留めるタイプ。が、片手では上手くいかず、手こずってしまう。

まごつく圭太を見て、仁奈は「貸してください」と手を伸ばしてきた。

「はい。これでいいですよ。せっかくですから、制服も直しておきますね」

「あ、ああ……悪い」

「ふふ……本当に、『真島くん』はしょうがないんですから」

それは、今までにも本当に何度も聞かされた台詞《せりふ》で。でも、それを口にする仁奈の顔は、以前と違《ちが》い、終始楽しげだった。何故《なぜ》か、ドキッとしてしまうくらい。

——探していた風紀委員の生徒は、二人ともすぐに見付かった。

どうも、委員の間での連絡《れんらく》が上手くいっていなかったようで、集合時間を勘違《かんちが》いしていたらしい。平謝りする二人を、仁奈は「大丈夫ですから」と、笑って許していた。その表情もまた、以前はあまり見なかったものだ。

「なんか、変わったよな。仁奈もさ」

「え、なんですか。急に」

「なんていうか……優《やさ》しくなったなと思って」

「……今までの私が優しくなかったかのような言い方ですね」

「いや、違う。今のは俺の言い方が悪かった。肩肘張《かたひじは》ってる感じがなくなったって言いたかったんだ」

実際、今までの仁奈は厳しい風紀委員として、同級生から怖《こわ》がられることもあったけれど、最近は、そんな話もあまり聞かない。

いいことだ、と思う。仁奈が本当は優しいことも、一生懸命《いっしょうけんめい》頑張っていることも、圭太は知っているけど。自分だけじゃなくて、もっといろんな人がこの妹の健気《けなげ》なところに気付いてくれたらいい。

だが、圭太の気持ちはいまいち伝わらなかったようだ。「どうせ私は鬼《おに》ですよー」と、拗《す》ねてそっぽを向いてしまう。

「ごめん。悪かった、仁奈。そんなに気にしてるとは思わなかったんだ。お兄ちゃんのくせに理解が足りなかった。反省してる」

「……大丈夫です、冗談《じょうだん》ですから。そんなに深刻に受け止めないでください」

やれやれ、と言いたげに、仁奈の口からため息が漏《も》れる。

「でも、そうですね。怒《おこ》っているわけではありませんけど。それはそれとして、今日の『デート』を盛り上げてくれるのなら、さっきの言葉は忘れてあげてもいいです」

「え？　デ、デート……？」

「だって、兄と妹が、二人で文化祭を見て回るのですから、デートでしょう？」

「そりゃまあ……お兄ちゃんと妹がデートするのはおかしくはないけど」

「そうです。何もおかしくはありません」

くすり、と仁奈が微笑《ほほえ》んだ。そして、圭太の手を握《にぎ》ってくる。

「さあ、行きましょう。……エスコート、期待していますからね？　お兄様？　真島《まじま》くん」

◆
◆
◆

仁奈との『デート』を終え、校舎に戻ってきた圭太は、その足で二階に向かった。二年生の教室がある階。目指すのはもちろん、瑞希のクラスだ。

瑞希が教室にいる時間は、事前に聞いている。今から行けば十分間に合うだろうが、お兄ちゃんたるもの、妹をあまり待たせるのはやはり良くない。

急ぎ足に階段を上っていると、その途中《とちゆう》、人混みの中に見覚えのある後ろ姿を見付ける。

(あれは……珠希《たまき》ちゃん?)

そう思うのと同時、その後ろ姿が立ち止まって、きょろきょろと辺りを見回した。ちらっと見えた横顔は、やはり瑞希の妹、珠希に間違《まちが》いない。きっと彼女も、姉である瑞希のクラスの出し物を見に来たのだろう。

「珠希ちゃん――」

声を掛《か》けようと、圭太は片手を上げかける。

……が、その矢先、珠希は瑞希の教室があるはずの階を素通《すどお》りして、スタスタと階段を上がって行ってしまった。

(あ、あれ?)

慌《あわ》てて、圭太も後を追って上の階へ。だが、その時にはもう、珠希の姿は他の来場者に紛《まぎ》れて見えなくなってしまう。

（しまった、見失った……）

一瞬《いっしゅん》、迷っているのかと心配になったけれど、もしかしたら、もう瑞希には会っていて、文化祭を好きに見て回っているだけなのかもしれない。

（そうだな。先に瑞希ちゃんのとこ行って聞いてみるか。もし迷子なんだったら仁奈に相談して……）

考えながら、再び二階へ戻《もど》る。

だが、瑞希の教室の前まで来たところで、圭太は再び足を止めた。見失ったはずの珠希がそこにいたから。

珠希は圭太に気付かない様子で、瑞希の教室を遠目に見つめていた。緊張感溢《きんちょうかんあふ》れる面持《おもも》ち。

……が、珠希は教室に近付くことはなく、『あ、私の目的地はここじゃなかったわ』みたいな顔を取《と》り繕《つくろ》ってスタスタと歩き出した。

「……珠希ちゃん。瑞希ちゃんの教室はそっちじゃないよ」

「ぴゃっ⁉」

『びっくぅ！』、と、珠希のお下げが元気良く跳《は》ねた、ような気がした。

「え？　あ、あれ、真島さん……？　あ、そっか、真島さんもここの生徒なんでしたっけ……」

「うん。久しぶり……ってほどでもないのかな。どう？　あれから、瑞希ちゃんとは上手《うま》くやれてる？」

「はい。その節は、真島さんにもご迷惑《めいわく》お掛けしました。……あの。ズボン、本当に弁償《べんしょう》しなくて良かったんですか……？」

「い、いいんだよ。あんなの安物だったしさ」

できれば、その件はもう忘れてほしい圭太だった。

とりあえず、廊下《ろうか》の真ん中で立ち話もなんなので、一旦端《いったんはし》に移動する。

「そういえば、今日は一人なの？　太希《たいき》くん達は？」

「太希と祐希《ゆうき》は、母と午後から来る予定です。私は、午後は用事があるので、一足先に」

「ああ、そうなんだ」

残念に思う反面、少しホッとする。再婚《さいこん》の話がなくなった今、瑞希のお母さんと顔を合わせるのは、やはりどうしても気まずい。

「……それで、なんで珠希ちゃんは、瑞希ちゃんの教室を素通りしてどっかへ行こうとしてたの？」

「それは……な、なんか、いざとなったら緊張してしまって……お姉ちゃんの文化祭、来るの初めてだし……」

見るからに落ち着きをなくす珠希を見て、圭太は微笑ましい気持ちになる。

「大丈夫《だいじょうぶ》だよ。瑞希ちゃんだって、珠希ちゃんが来てくれたらきっと喜ぶと思う。今頃《いまごろ》、待ってるんじゃないかな」

「そ、そうでしょうか……」

「――うんうん！　自信持って珠希！　私もね、珠希のこと、クラスのみんなに紹介《しょうかい》するの、楽しみにしてたの！」

「そ、そうなんだ……って、お姉ちゃん⁉」

『いつの間に⁉』と、珠希が背後を振《ふ》り返《かえ》った。

「ま、真島さん、向かいにいたんなら見えてましたよね⁉　どうして教えてくれなかったんですか⁉」

「ごめん。瑞希ちゃんが『しーっ』って言うから……」

恥《は》ずかしさに俯《うつむ》く珠希とは裏腹に、瑞希はひたすら嬉《うれ》しそうにニコニコと笑っている。

「ほらほら、行こう珠希？　クラスのみんなね、珠希のことを話したら、『早く会いたい』って」

「話したの⁉　なんて⁉　なんて話したの⁉　ねえ⁉」

「大丈夫！　心配しなくても変なことは言ってないから」

「ぐ、具体的に言ってよ!?」

「それは……ヒミツかなぁ」

「全然安心できない!!」

「兄さんも。一緒《いっしょ》に行きましょう？」

「え、俺も？」

姉妹《しまい》のやり取りを微笑ましく見守っていたら、当たり前のように手を差し出された。

「だって、兄さんだって、私の兄さんですから」

「え……い、いやでも、それはほら、あれだし……俺まで一緒に行くのはややこしいことになりそうというか」

「大丈夫ですよ。みんな、兄さんに会いたがってますし。どんな人なのかって、私、しょっちゅう聞かれますもん」

「ぐ、具体的にどういう風に話してるのか詳《くわ》しく!!」

「ふふ。それは行ってみてからのお楽しみです」

嬉しそうな瑞希に手を引かれていきながら、圭太は必死に尋《たず》ね返すのだった。

「それじゃあ珠希ちゃん、気をつけてね」

「寄り道しないで真《ま》っ直《す》ぐ帰ってね！　道を渡《わた》るときはちゃんと左右を確認して！　それから――」

「お姉ちゃん、私、もう中学生なんだけど……」

校門を出ていく珠希を、瑞希と二人で見送る。

「……もうすっかり、仲直りできたみたいで良かった」

「はい。兄さんのおかげです」

そんなことはない、瑞希自身の頑張《がんば》りだと、圭太は思うけれど、瑞希の笑顔がとても晴れやかだったから、水を差すようなことは言わないでおいた。

「そういえば、太希くん達はどう？　まだ、『お兄ちゃん』がほしいって言ってる？」

「『お兄ちゃん』じゃなくて、今はすっかり、『兄さん』がいいになってますけど。結婚《けっこん》の話がなくなってしまったの、まだよくわかっていないみたいで……」

「あー……」

そう聞くと、相手側の息子《むすこ》として申し訳なくなってくる圭太だった。……まあ、こういうのは色々と、大人の事情があるんだろうと思うけれど。

「私と兄さんが結婚できればいいんですけど、そういうわけにもいかないですもんね」

「そうだね。そうもいかない——え？」

「え？」

他意とか微塵《みじん》もなさそうなきょとん顔で、瑞希がこちらを見る。そのまま見つめ合う二人。

……先に我《われ》に返ったのは瑞希だった。ぶわ、とその顔が見る間に真っ赤に染まる。

「あ、ご、ごめんなさい！　そ、そういうつもりでは、なかったんですけど⁉」

「う、うん。わかってる、大丈夫、わかってるから」

『そういうつもり』がつまりどういうつもりなのかもわからないまま、圭太はぎくしゃくと頷《うなず》いた。瑞希も瑞希で、それ以上何を言ったらいいのかわからないのか、俯いてしまう。

「……あの、本当に、違《ちが》うんですよ？」

「う、うん」

「あ、いえ！　兄さんと結婚したくないわけでは、ないんですが！」

「う、うん……」

瑞希はなんとか場を納めようとしているが、正直、彼女が何か言うたびに、どんどん妙《みょう》な空気になっていく。

けれど。

「あのですね、け、結婚したくないわけではないんですけど……私は、兄さんには、『兄さん』でいてほしいので」

「え？」

「だって、結婚は一人としかできませんけど、兄さんの妹には、みんながなれるじゃないですか」

にこり、と、瑞希は晴れやかに笑った。これが伝えたかった、とでも言うように。

「だから、はい。太希達は残念がるでしょうけど、結婚とかは――」

「……別に、残念でもないんじゃないかな」

「え？」

「だって今、瑞希ちゃんが言ったじゃないか。誰《だれ》だって、妹になれるって」

「――あ」

今気付いた、というように、瑞希が目を丸くする。

「だからさ、『お兄ちゃん』が必要なときはいつでも『レンタル』してよ。太希くん達なら、主任も特別に無料《タダ》とかにしてくれるよ。瑞希ちゃんのバイト割りとかで」

「ふふ。そうですね。今度、聞いてみましょうか」

どうやら、あの賑《にぎ》やかな双子《ふたご》にまた会う日も、そう遠くはなさそうだった。

◆◆◆

瑞希の教室を離《はな》れた後。圭太は中庭に移動し、少し早めの昼食を済ませた。玲《れい》の講演会は午後一にあるので、今のうちに終わらせておこうと思ったのだ。

屋台で売っていたカレーを食べ終えて、時間を確認。まだ余裕《よゆう》はあるけれど、かといってあちこち見て回るにはちょっと足りない、なんとも中途半端《ちゅうとはんぱ》な時刻だった。

(先に体育館のほうに行ってるか)

まだ時間が早いから、裏方には入れないだろうけれど、それなら待っていれば済むことだ。

昼時の混雑で賑わう中庭を離れて、圭太は校舎の裏手に移動した。案内図には載《の》っていないけれど、体育館に行くには、こちらのほうが近道なのだ。

……が。その矢先、圭太は足を止める。

この学校の生徒でなければまず通らないであろう、校舎裏の狭《せま》い通路。そこに、他校の制服を着た女子生徒が一人、地図を手に突《つ》っ立《た》っている。

見るからに迷子っぽいその人影《ひとかげ》に、圭太は見覚えがあった。

「あれ……君、この前の」

思わず漏《も》れた声に、少女が反応を示す。ぱっと顔を上げた彼女は、圭太を見付けると目を丸くした。

「……どちら様ですか？」

「待った！　防犯ベル的なものを構えないで!!　俺は不審者《ふしんしゃ》じゃない!!　ほら、この間の！　SGO社まで道案内した!!」

「あ……あのときの『お兄さん』」

必死にアピールすると、彼女は記憶《きおく》を取《と》り戻《もど》してくれたようだった。警戒心《けいかいしん》バリバリだった目つきが、少しだけ和らぐ。

「その制服……ここ、お兄さんの学校だったんですね」

『変な偶然《ぐうぜん》』、と、小さな声で呟《つぶや》くのが聞こえた。圭太自身も驚《おどろ》いている。まさか、こんな形で再会するなんて思っていなかったから。

「そういう君は、なんでここに？　誰か知り合いがいるとか？」

「……そんなところです」

答える声は素っ気ない。暗に、『あなたにそこまで話す必要あります？』と言われているのを如実《にょじつ》に感じる。

確かに、自分でも『ナンパ野郎《やろう》みたいだな……』と思わないこともない。

ただ……どうしても気になってしまうのは、彼女が地図を手にしたまま、さっきからその場を動く気配がないことで。

「……なんですか」

「いや、その……地図、それ、逆さまだけど」

無言で、少女は手にした地図を二度見。それから、『言われなくても最初からわかっていました』みたいな顔で、しれっと地図を持ち直す。……今度は九十度横向きで。

（まあ、迷ってるんだろうな……）

言うても、ほんの一回、道案内してあげた程度の間柄。それだけの相手と言ってしまえばその通りで、あんまりお節介《せっかい》を焼くのもどうなのかと、確かに思うのだけれども。

「えっと……出し物は、一通り見て回った？　それとも、どこか行きたいところがあったりする？」

「そんなこと、お兄さんに関係ないと思うんですけど」

「そうだけど……関係なくても、気になるんだって」

変に取《と》り繕《つくろ》っても仕方ない気がして、圭太は正直にそう言った。

けれど、少女は訝《いぶか》しげに眉《まゆ》を顰《ひそ》めただけだった。「結構です」と素っ気なく告げて、さっさと歩き出してしまう。

とっさに、圭太はその後を追いかけた。

「ちょっと！　ついてこないでください！」

「俺もこっちに用事があるんだって」

引き離そうとしてか、少女が歩く速度を上げる。

それにくっついて歩きながら、圭太は、彼女が地図以外に、手に何か持っているのに気付く。

屋台で買ったものらしいビニール袋《ぶくろ》。袋の口からちらっと覗《のぞ》いているのは焼きそばのパックだ。

だが、この辺りは飲食スペースから離れていて、座って食事ができそうな場所はない。

「ひょっとして、お昼食べる場所探してたり？」

「だから、お兄さんには関係な――」

「俺もちょうど昼飯食べに行くところだったんだ。良かったら、ついでに案内するよ」

少女の言葉を遮《さえぎ》って、圭太は強引にそう告げた。普通《ふつう》に案内すると言っても、断られるのが目に見えていたから。

が。

「……その割に、唇《くちびる》にカレーがついてますけど」

「えっ、マジ？」

慌《あわ》てて口元を拭《ぬぐ》ったところで、少女の呆《あき》れたような顔に気付く。どうやら、カマを掛《か》けられたらしい。

「見《み》え透《す》いた嘘《うそ》とか寒いです。そういうの、かっこいいと思ってるんですか？」

言葉通りの冷ややかな目を向けられて、思わず、「うぐっ……!?」と呻《うめ》いてしまった。

「そ、そこまで言うことないだろ!?　そりゃ……確かにちょっと、かっこつけてたかもしれないけど……」

「お兄さんの将来のために訂正《ていせい》してあげますけど、ちょっとどころじゃないですから。普通に痛いしキモいです、そういうの。引かれたくないなら二度と言わないことをお勧《すす》めします」

「……わかった、じゃあ普通に言うよ。迷ってるみたいだから気になるんだ。案内したい」

「結構です。というか迷っていません。地図もありますし、道ならわかります。迷っていません」

「また逆さまになってるぞ、その地図」

「っ……と、とにかく、道ならわかりますから！　私のことはお構いなく！」

「……悪いけど、正直全く大丈夫《だいじょうぶ》に見えない。頼《たの》むから大人しく案内されてくれ。じゃないといつまでも君についていくぞ」

「そんなことしたら警備員の人に突き出しますよ」

「どこにいるか知らないだろ、警備員」

知っていたとして、彼女が自力で辿《たど》り着《つ》ける気もしない。

圭太が本気だとわかったのか、不機嫌《ふきげん》一色だった彼女の顔に戸《と》惑《まど》いが浮《う》かんだ。じっとこっちを睨《にら》んでいた視線が、初めて逸《そ》らされる。

「なんですか……そんなに私のことを案内したいんですか。この前といい今といい、人に道を教えるのが趣味《しゅみ》なんですか」

「そーです、俺は人に道を教えるのが好きで仕方ない人間なんです。だから案内させてください、お願いします」

「……わかりました。だから、意味のわからないことを口走るのはやめてください、こっちまで恥《は》ずかしいです」

はあ、とため息をついて、彼女は持っていた地図をカバンにしまう。

「じゃあ、さっさと連れて行ってください。この学校、広すぎて、歩くのに無駄《むだ》に時間が掛かるんです。急がないと時間に間に合いません」

「それは君が迷ってるからだろ……」

言いながら、彼女が口にした『時間』という言葉に思いを馳《は》せる。誰かと待ち合わせでもしているのか、それとも、特定の時間に見たい出し物でもあるのか。

「……そういえば、君、学年は？」

「なんですか、急に」

「いや。普通にため口で話してたけど、先輩《せんぱい》だったりしたらまずいなと思って」

この下手くそな意地の張り方を見ていると、正直年上だとも思えないのだけれど、何しろ瑞希みたいな例もある。……瑞希ちゃんが先輩らしくないという意味ではない、念のため。

「……一年です。言っておきますけど中学じゃなく高一ですから」

「そっか、俺も一年。同い年だな」

そんな気はした、と頷《うなず》いて。学年よりも、もっと肝心《かんじん》なことがあったのに気付く。

「俺は、真島圭太っていうんだ」

「別に聞いていませんし、名乗ってくれたところで私の名前は教えませんから」

「なんでだよ。さすがにここまできたらいいだろ、名前くらい」

このまま名前も知らずに別れてしまうには、彼女は色々と印象が強すぎた。言っておくがナンパではない、決して。

「……とにかくだめです」

ぷいっと、彼女は顔を背《そむ》けてしまう。

ただ、その反応は嫌《いや》がっているのとは違《ちが》うように見えた。じゃあなんだ、と言われてしまうと困るのだけれども。

「……お兄さん、やっぱり変な人ですね」

「人に名前を聞くのがそんなにおかしいか？」

「そうじゃなくて……なんで、私みたいなのに、そんなに構うのかって聞いてるんです」

それは、素っ気なさを装《よそお》った裏に、戸惑いの滲《にじ》む声だった。自分でも、絡《から》みづらい言動をしている自覚はあったらしい。

「なんで、って言われてもな……。なんかさ、君にきついこと言われるのは、嫌じゃないんだよ」

上手《うま》く説明できなかったから、結局、思ったままを口にした。

自分でも、よくわからないことを言っているな、とは思う。案の定、彼女も怪訝《けげん》そうな顔をして……いや、よくよく見たら怪訝どころか気色悪いものを見る目をしていた。なんなら距離《きより》も開けられている。

「……………マゾなんですか」

「そういう意味じゃない!!」

即座《そくざ》に否定したが、結局、中庭に到着《とうちゃく》するまで、二人の間にできた距離が縮まることはなかった。むしろ、余計に広がった気さえする。

「良かったな。ちょうど席が空いてて」

「……お兄さんがわざわざ探してくれたんじゃないですか。別に、いいって言いましたよ、私」

「いいよ。人の面倒《めんどう》見るのは慣れてるんだ。お兄ちゃんだからさ、俺」

何気なく口にした言葉に、少女が反応を示した。「……そうですか」と小さく呟いて、その雰囲気《ふんいき》が変わる。

どこがどう違う、とは上手く言えない。ただ、あまり、いい変化ではないように見えた。

「……なんか、気に障るようなこと言ったか？」

「別に。……ただ、嫌《きら》いなだけです。お兄ちゃんだからって妹を甘やかしてる人も、それに甘えてばっかりいる妹も」

急に棘《とげ》のある言葉が出てきたものだから、圭太は面食らってしまった。元々やたらにキツい物言いをする子だったけれど、今度のそれは、今までとはどこか違う気もする。

「ええと……お兄さんと、仲悪いとか？」

「別にそんなんじゃありませんけど……そもそも、私は一人っ子ですし。ただ、一般論《いっぱん》を言ってるだけです」

「それにしちゃあ、偏《かたよ》った見方な気もするけど。いろんな兄妹《きょうだい》がいるだろ、世の中には。……少なくとも俺は、妹に頼《たよ》ってもらったら嬉《うれ》しいし、甘えてほしいと思うけどな」

「……それは、お兄さんの妹がそういう、可愛《かわい》らしいタイプだからなんでしょう。私みたいな、何かあるたびに突《つ》っかかってくるようなのが妹だったらどうするんですか」

「どうするって……可愛いと思うけどな。お兄ちゃんにだけツンな妹ってのもいいもんだぞ。本音見せてもらえてる感じがして」

「かわ――べ、別に私はお兄さんにだけ突っかかってるわけじゃありませんから！　誰《だれ》にでもこうなんです普段《ふだん》から!!　勘違《かんちが》いしないでください!!」

「いや、それもどうなんだ……」

冷静に指摘《してき》すると、少女は「余計なお世話です」とそっぽを向いてしまった。

「とにかく……たとえ君が本当に俺の妹だったとしても、俺は大切にするつもりだよ」

「そんなフォローしなくていいですよ。私はお兄さんの妹なんかじゃないんですから」

素っ気なく言い、彼女は圭太を無視して焼きそばを食べ始める。『もう話すことはないのでどっかへ行ってください』という、露骨《ろこつ》なアピールを感じた。

そうされるとなんか逆に立ち去りにくいのだが……確かに、講演の時間が徐々《じょじょ》に迫《せま》ってきてもいる。準備の時間を考えると、そろそろ体育館のほうに移動しないとまずい。

「それじゃあ、俺はもう行くよ。この後、体育館で講演会があってさ。手伝いしないといけないんだ」

「……誰もそんなこと聞いてませんけど」

「知ってるよ」

彼女のこういう態度も、気付けばもう慣れた。あっさりと返す圭太を、少女はなんだか不満げな顔で見てくる。

MAP

それに……講演の話を出したのは、確かめたいことがあったのもある。

「これ、講演会のチラシ。ほら、君のお母さんもSGO社の人なんだろ？　今日、講演に来てくれるのもそこの会社の人でさ。もしかしたら、興味あるかと思って」

「ああ。それなら、母からちょっと聞いてます。……ここの学校だったんですね」

圭太が差し出したチラシを、少女はさして興味なさそうに眺《なが》めている。特に変わった様子は見られない。

（……やっぱり違うか）

もしかして、玲が以前言っていた『娘《むすめ》』というのは彼女のことなのかもしれない、なんて思ったのだが。この反応を見ると、やっぱり考えすぎだったようだ。

（ま、そんなラノベみたいな話はそうないか）

それじゃあ、と、最後に告げて。圭太は今度こそ彼女に背を向け、その場を後にした。

……立ち去っていく圭太を見送り。少女——麻衣《まい》は、そっとため息を零《こぼ》す。どうやら、母のことはバレずに済んだらしい。

（講演会の手伝いしてるって言ってたけど、やっぱり、お母さんの知り合い……？）

母の部屋で彼の写真を見付けたのは、夏休みのことだ。

たまたま道案内してくれた男の子のことなんて、麻衣は別にどうでも良かった。……けれど、もし母の知り合いだったのなら、失礼があっては良くないから、それとなく、母に確かめたのだ。『随分《ずいぶん》若い人もいるんだね』、なんて言って。

それだけのつもりだった。最初は本当に。

けれど、母はどういうわけか、あの少年の話題に触《ふ》れたくないらしいのだ。麻衣の質問にも、『バイトの子だからよく知らない』と言うだけ。そのくせ、問題の写真はどこかに隠《かく》してしまったようで、次に部屋に行ったときにはもう見付けられなくなっていた。

（真島圭太くん、か……）

麻衣が名前を名乗らなかったのは、玲の娘だとまだ知られたくなかったから。母がどうして彼のことを隠すのか、その理由がわからないうちは、下手なことを言うのは避《さ》けたい。

それに……麻衣としても、なんだか気になるのだ。彼のことは。

上手く言えないけれど——どこかで、会ったことがあるような気がして。

謎《なぞ》の迷子少女と別れて、圭太は真《ま》っ直《す》ぐ体育館のほうへ。

到着すると、ステージではお笑い同好会の人達が漫才《まんざい》を披露《ひろう》しているところだった。これが終われば、いよいよ玲の登壇《とうだん》する講演会だ。

当然、圭太のほうもそろそろ準備に取りかからなければならない——。


——はずだったのだが。

◆◆◆

「え⁉　音が出ない⁉」

ステージ横の放送室。パソコンを前にして、圭太は思わず悲鳴みたいな声を上げてしまう。なんでも、機材にトラブルがあったらしく、パソコンの音声を再生できないらしい。

幸い、マイクでしゃべる分には問題なく、映像も映るということなので、講演自体はできそうなのだが……用意していたＶＴｕｂｅｒの動画は、音声での説明がメインで、字幕などはほとんどつけられていないのだ。音がない状態だと、ただの口パク映像になってしまう。

　そっちは放送担当の生徒や先生が見てくれるというので、ひとまず任せることにした。

なんとか講演までに直るといいのだが……。

（いや、俺が慌《あわ》てても仕方ないし……俺は俺で、できることをやろう）

できるお兄ちゃんは狼狽《うろた》えないもの。圭太はひとまず、用意していたパソコンを開いて、講演で使う資料の確認をすることにした。

とはいえ、内容の確認は昨日のリハーサルでも散々やっている。万一に備えてバックアップも取ってあるし、たとえこの期《ご》に及《およ》んで不測の事態が起きようとも抜《ぬ》かりはない――。


――はず、だったのだが。


「あれ!?　エラー!?」

手順通りに資料をスライドさせていた最中、突然《とつぜん》ソフトが落ちて、思わず声がひっくり返る。

　慌ててもう一度同じ操作をしてみるが、やはりエラー。どうやら、一部のファイルが破損していて開けないらしい。

「いや、待てよ、おかしいだろこんないきなり⁉　昨日のリハーサルではちゃんとできてたんだぞ⁉」

ご丁寧《ていねい》に、バックアップ用にコピーしていたフォルダのほうも同じファイルが破損しているという有様だった。……というより、バックアップを用意したの自体、昨日のリハーサルが終わってからだったので、その時には既《すで》に破損していたのだろう。もっと早くに用意しておけば良かった、なんて思っても後の祭りである。

エラーを起こしているのは、資料として提示する予定だったゲーム内イラストのうちの一枚。最悪、なくても進行できないことはなさそうだが……。

(とにかく、主任に連絡《れんらく》しないと……)

急いで携帯《けいたい》に電話するが、玲はなかなか出てくれない。車で来ると言っていたから、もしかしたら移動中なのだろうか。

仕方がないので、電話ではなくメッセージに切《き》り替《か》え、状況《じょうきょう》を報告しておく。

あとはもう、返信を待つくらいしかできることがないが――。

(……いや、でも、待てよ)

ふと、思いついたアイデア。

それは、講演を成功させるためというよりも、圭太自身のわがままのようなものだったが。

思ったのだ。今の状況を利用すれば、志穂《しほ》に、絵を描《か》いてもらえるかもしれないと。

幸い、早めに来ていたから、まだ講演までは時間がある。すぐに行動を起こせば、十分間に合うはずだ。

「すみません！　あの、ちょっと用意してた資料に不備があって……先生が予備を持ってるかもしれないので、聞きに行ってきます！」

実行委員の人に事情を説明して、圭太は足早に体育館を出る。

職員室を訪ねると、志穂は教室の様子を見に行ったという話だった。急いで自分のクラスに向かうと、ちょうど出てきたところだった志穂と出くわす。

「あ、先生！　すみません、実はちょっと、講演の件でトラブっちゃって……！」

「え？　何？　機材トラブルとか？」

「えっと……すみません、とりあえず二人で話したいんで、ちょっと場所移動していいですか」

訝《いぶか》る志穂に『後で説明します』と告げ、とにかくその場を離《はな》れる。

焦《あせ》っている圭太は気が付かない。

慌《あわ》ただしく立ち去る自分達の背中を、誰かが見ていたこと。

「…………お兄ちゃん？」

◆◆◆

「……使う予定だった画像がだめになった？」

「そうなんです。バックアップ、取ったつもりだったんですけど、その時点でもう壊《こわ》れてたみたいで……」

「あー、やるやる。バックアップあるから安心ー、とか思ってたら外付けハードディスクごと壊れてるやつー。私もそれで新刊落としたことあったなぁ……あのときはホント絶望したわー……」

「そ、それでですね！　先生に、お願いしたいことがあって！」

何やら遠い目をしだす志穂を、現実に引っ張り戻《もど》す。

「あの！　だめになったイラストの代わりに、先生に、新しいイラストを描いてほしいんです。お願いできませんか！」

「え。私が……？」

「どうしても、代わりのイラストが必要なんです！　今すぐ！　元々主任も、先生――S《シ》H《ヨ》O《ウ》さんにイラストお願いしようとしてたし、なんとか引き受けてもらえませんか⁉　俺達を助けると思って……！」

　実際には、イラストがなければ講演が行えない、というわけではない。

けれど、普通《ふつう》に頼《たの》んだのでは、志穂はまた断るだろうと思ったのだ。

『オタバレしたくない』、『変に注目されて、トラブルになりたくない』。

それは確かに、志穂の偽《いつわ》りない本音なのだろうと思う。

けれど……今さらながらに思うのだ。本当に、最初から微塵《みじん》も引き受けるつもりがなかったなら、きっと志穂は、メールが送られた時点で断っている。わざわざ直接、打ち合わせの場に来たりなんてしない。

そんな行動に出たのはきっと……志穂の中にも、引き受けてみたいと、そう思う気持ちがあったからのはず。

だったら、圭太はお兄ちゃんとして、その背中を押したい。

「ちょ、ちょっと待って。今からって、だって、講演までもう時間ないのよ？」

「主任に頼んで、イラスト出す順番最後にしてもらいます！」

講演の予定時間は一時間ほど。イラストを表示するタイミングをラストにすれば、一時間を丸々準備に当てられる。さすがに凝《こ》ったものは難しいだろうが……見せられないほどひどいものにはならないはずだ。白紙から一晩で、原稿《げんこう》をほとんど仕上げた志穂の筆の速さがあれば、不可能じゃない。

「で、でも、パソコンがないし……！」

「アナログでも絵は描けるはずです！　それをプロジェクター使って映せばなんとかなります！」

「それは、けど、どっちみち、一時間じゃ大したものなんかできないもの……。そこまでして、イラスト出す意味なんかないってば……！」

「俺にとってはちゃんと意味はあるんです！　大体、先生だって、本当は自分の描いたイラスト見てほしいんでしょ⁉　なんで意地張るんですか⁉」

「お、大人には色々あるんだってば！　期待してたところで上手《うま》く行かないとすっごいダメージ受けるんだから！　愚痴《ぐち》聞いてくれる相手も慰《なぐさ》めてくれる人もいないし、予防線張ってないと一人でなんかやってけないの！」

「――だったら、その時は、俺をレンタルしてください」

その言葉は、意識することなく自然に出てきた。

「もし、イラスト出してみて、いい結果が出なかったら、俺が責任持って志穂を――いや、しーちゃんのことを慰める。頑張《がんば》ったこと全部見て、たくさん褒《ほ》めるって約束する。だって俺は、しーちゃんのにぃにだから」

けふっ！　と、志穂が噎《む》せた。

志穂的には忘れたい黒歴史なんだと思う。だけど、圭太は覚えているのだ。『いっぱい褒めて』と、圭太に甘えてきていた志穂の……妹のこと。

あれが、普段《ふだん》は言わない彼女の本音なんだって。知ってしまったら、このままになんてしておけない。

妹の頑張りが報《むく》われてほしいと思うのは、お兄ちゃんだったら当たり前のことだ。

「しーちゃんが一生懸命《いっしょうけんめい》頑張ってること、にぃにはよく知ってる。だから、にぃには他のみんなにも、しーちゃんが偉《えら》い子だってことをわかってもらいたいんだ！　俺の自慢《じまん》の妹だって……『理想の妹』なんだって、たくさんの人に見てほしいんだよ！」

「やめて！　しーちゃんを畳《たた》みかけないで！　傷を抉《えぐ》らないでー‼」

頭を抱《かか》え、志穂は耐《た》えられないと言うように叫《さけ》ぶ。……まあ、素面《しらふ》で『しーちゃん』はさすがにキツかったのかもしれない。

けれど、酔《よ》っ払《ぱら》って圭太に甘える、あの姿を見たからこそ、圭太はこうして、志穂のために何かしたいと思うのだ。

まだ誰《だれ》も気付いてはいないその健気《けなげ》さを、努力を、誰よりわかってあげられる相手。

それもまた、自分が大切にしたいと思う『理想の妹』なんだって、圭太は気付いたから。

「〜っ……わかった……そこまで言うなら頑張ってみるわよ……。だからしーちゃんはやめてホントに……」

「本当ですか⁉」

嬉《うれ》しくて、思わず素《す》の口調に戻ってしまった。顔を上げた志穂は、なんだか複雑な表情をしている。

「もう、真島くん、いくらなんでも暑苦しいってば……。なんでそこまでするのよ……私なんかただの担任じゃない……」

「何言ってるんですか。ただの担任の先生に、ここまでしたりしませんって」

「——え」

はた、と、志穂の目が、まん丸に見開かれる。

きっと気付いたからだろう。圭太が何を言おうとしているかに。

「え……ちょ、ちょっと待って……！　そ、そういうのは困るってば……！　来月新キャラのピックアップ控《ひか》えてるのに、いまクビになるわけにいかな——」

「い、いえ、そういうあれじゃなくて、『お兄ちゃん』だからってことが言いたかったんですが……」

「…………あ、そっち……」

◆◆◆

「……とにかく、こっちはこっちでなんとかやってみるから。真島くんは一旦《いったん》体育館に戻りなさい。もうじき講演始まるでしょ」

志穂に言われ、圭太は一目散に体育館へと戻った。イラストの件に関しては、このまま志穂に託《たく》すしかないだろう。

それに圭太には、まだなんとかしなければならないトラブルが残っているのだった。例の音響《おんきょう》の件。直っていればそれに越《こ》したことはないが……。

（だめだったら、他の手考えないと……マイクは大丈夫《だいじょうぶ》なんだからパソコンのスピーカーに当てて……でも音割れとかしそうだしなぁ）

……以前に玲も言っていたとおり、動画は必ずしも講演に必須《ひっす》というわけじゃない。最悪の場合は、流さないままでも進行はできる。

けれど、圭太はなんとか、あの動画を講演で使いたいと思っていた。

圭太が可愛《かわい》らしい、大切にしたいと思う、『理想の妹』。

それを――もっと多くの人に、認めてもらえたら。

ああでもないこうでもない、と悩《なや》みながら体育館に戻ると、圭太を出迎《でむか》えたのは玲……だけではなくて。

「『お兄ちゃん』！」

「え……？　初葉？」

驚《おどろ》いたことに、玲の横には初葉がいた。しかも、ただ様子を見に来たという感じではなく、玲や実行委員の面々と、何か話をしていた様子だ。

「なんでここに……いや、っていうか呼び方――」

「へーキだよ。クラスの出し物だって言ってあるし。……それより！　お兄ちゃん!!」

「おぶ……!?」

不意に、『べちん！』と両頬《ほお》を挟《はさ》み潰《つぶ》され、圭太は呻《うめ》く。

「いてて……な、なんだよいきなり……」

「もう！　お兄ちゃんってば、なんでソーダンしてくんないの！　先生と深刻そーな顔でどっか行っちゃったから、気になって様子見に来たら、音出なくて困ってるってゆーからびっくりしたじゃん！」

「わ、悪い……見られてると思わなくて……」

「そういうことじゃなくて！　困ったことになってるのに、アタシ達に相談してくんなかったのが、寂《さび》しいって言ってるの！」

むぎゅう、と、初葉の手が圭太の頬をつねる。

「……お兄ちゃんは、勘違《かんちが》いしてるよ」

「勘違い？」

「お兄ちゃん、バイトのこと、自分が頑張んなきゃ、って思ってるのかもしんないけど。でも、違《ちが》うよ？　お兄ちゃんが、いつもアタシ達のこと心配して、助けてくれてるみたいに……アタシ達《妹》だって、お兄ちゃんのこと心配だし、助けたいんだよ。頑張りたいんだよ！　妹だって!!」

間近から叫ばれた言葉は、圭太の鼓膜《こまく》だけではなくて、もっと奥のほうまで揺《ゆ》さぶったみたいだった。黙《だま》って突《つ》っ立つ圭太の頬を、初葉がさらに捏《こ》ねくり回す。

「そりゃ……アタシは、仁奈姉や妹尾《せのお》先輩《せんぱい》に比べたら、甘えてばっかりで、全然、頼《たよ》りないかもしんないけど。……それでも、言ってほしいよ。だってせっかく、『兄妹《きょうだい》』なんだもん」

怒《いか》りは徐々《じょじょ》になりを潜《ひそ》めて、俯《うつむ》いた顔には拗《す》ねたような色が浮《う》かぶ。

（……初葉）

頼りになって、なんでもできて、妹に心配を掛《か》けない。安心して、どんなことだって任せられる。それが、『理想のお兄ちゃん』なんだと思っていた。

より正確に言えば、そんなお兄ちゃんに、憧《あこが》れていたと言ったほうが正しい。

何故なら、圭太自身、今の自分が『そうではない』という自覚があったからだ。

いつだって、妹達に背中を押され、励《はげ》まされて、自分に足りない部分を補ってもらいながら、今日までお兄ちゃんを続けてきた自分。

それでは、いけないのだと思っていた。

……けれど。そうして一人で頑張ろうとした結果、初葉にこんな顔をさせてしまっていて。

それが正解だったのかと聞かれたら、答えは決まっている。

思い出す。

風紀委員だからと、一人で何もかも抱え込もうとする仁奈を見て、自分はどう思った？

互いを気遣うあまりに遠慮し合って、すれ違っていた瑞希と珠希の二人を見て、何を感じた？

――そして今。目の前で寂しそうにしている初葉に、お兄ちゃんである自分が言うべき言葉は。

「……やっぱ、全然だめだな、俺。理想のお兄ちゃんなんてまだまだだ」

「え？」

きょとん、と目を丸くする初葉の頭に、ぽん、と手を置く。

「……悪かった、初葉。だからそんな顔しないでくれ」

「……だって、お兄ちゃんが」

「ごめんって。……そうだよな。俺一人で、なんでもかんでもできるわけないのに。お兄ちゃんなんだから頑張らなきゃって、気負いすぎてたかも――」

「……それは、違うよ？　お兄ちゃん。お兄ちゃん一人じゃだめだから、手伝うって言ってるんじゃなくて……お兄ちゃんが、頑張ってくれたから。だからアタシも、『頑張ってみよう』って、思えるんだよ？」

にこっと、心からの笑顔で言われて。なんだか、胸の奥がじんとした。

また、早合点して空回りしてしまったんだと思ったけれど、そうじゃなくて。

って。頑張ろうと思ったこと、頑張ってきたこと、それ自体は、ちゃんと、意味があったんだ

「……けど初葉。遠慮《えんりょ》するわけじゃないんだけどさ、今回の件は、初葉が頑張ってくれても正直どうにもならないというか……」

「うん。アタシも最初はそう思ったんだけど」

「ああ。だけど心配しないでくれ。できるだけのことはして──」

「ま、待って待って！　聞いてよ！　最初はそう思ったんだけど、いい方法思いついたんだってば！　いま、主任さん達ともその話してたの！」

「方法？」

「……まあつまり、動画の音声がなくても、この場で直接声を当てればいいということになったんだ」

初葉に代わって、補足してくれたのは玲だった。同時に、初葉がぐっとマイクを握《にぎ》り締《し》める。

「──アタシがこの子になって、一緒《いっしょ》にマイクでしゃべるの。そしたら、音でなくても大丈夫でしょ？」

「はっ……⁉　直接って……この場でアテレコするってことか⁉　こんなぶっつけ本番で⁉」

「うん」

「『うん』て！」

あまりにも軽く頷《うなず》かれて、圭太は驚きを通り超《こ》えて困惑《こんわく》する。なんなら、『音が出ません』と言われたときよりも焦《あせ》っていた。

「い、いやいやいや！　お前そんなあっさり⁉　自分が何するか本当にわかってるか⁉」

「心配しなくても、大変なことなのはわかってるよ。責任ジューダイだ、ってことも。……でも、お兄ちゃんが、一杯頑張《いっぱいがんば》ってくれたんだもん。アタシだって頑張る！　だって、妹なんだもん。お兄ちゃんのこと、助けてあげるのはトーゼンでしょ？」

「初葉……けど、台詞《せりふ》とかわかんないだろ？　台本もないし……」

「でも、そういうのはお兄ちゃんが全部覚えてるから、聞けばいいって主任さんが」

「た、確かに、流れは完璧《かんぺき》に暗記してはいるけど……」

おかしなところがないか、何度も何度も見返してチェックしたから、内容はバッチリだ。

「け、けど、生放送なんだぞ⁉　失敗したら取り返しつかないし！　そ、そもそも、初葉、演技なんかできるのか!?」

「へーきだよ。……だって、演技なんかする必要、ないんでしょ？」

「――え？」

「主任さんに聞いたよ？　この子は、お兄ちゃんが、アタシをモデルに作った『妹』なんだって」

「そ、れは……」

『違う』、とはとっさに言えず、圭太は言葉を詰《つ》まらせる。

対する初葉は、顔一杯に笑みを浮かべていた。本当に、とても嬉《うれ》しそうに。

「主任さんが言ってた。この子は、話し方も性格も、アタシそのまんまだって。……それって、普段《ふだん》の、お兄ちゃんの前にいるときのアタシが、お兄ちゃんにとって、『理想の妹』だったたってことだよね？」

「いや、その……そ、そういうことになる、かな……？」

「だったら、大丈夫！　いつものアタシで、普段通りにしゃべればいいってことだもん！」

そう言って笑う初葉は、それこそパワー全開。体中からエネルギーが溢《あふ》れ出ているようで、その力強さが、圭太の戸惑《とまど》いも心配も根こそぎ吹《ふ》っ飛《と》ばしていってしまう。

「見ててね、お兄ちゃん！　お兄ちゃんが、『可愛い』って思ってくれてた妹《アタシ》を、全力で見せてくるから！」

◆◆◆

——講演の開始時刻。体育館の照明が落ちると、ざわついていた客席も次第に静かになっていく。

館内から音が消えたところで、パッと、舞台《ぶたい》上のスクリーンに映像が映し出された。

『……え、何、お兄ちゃん——え、嘘《うそ》⁉　もう始まってる⁉　わわっ、マ、マイクマイク……‼』

……そんな音声が聞こえた直後、白背景一色だったスクリーンに、一人の少女が現れる。

実像ではない。3Dで作られたキャラクターだということは、見れば一目でわかる。

客席からちらほらと笑いが漏《も》れる中、モニターの中の少女——妹が、照れたように微笑《ほほえ》んだ。

『え、えへへ……ちょっと失敗しちゃった。えーっと……あ、そうだ、自己紹介《しょうかい》！　ゴホン……——初めまして、お兄ちゃん』

客席の後方でパソコンを操作しながら、圭太はスピーカーから聞こえてくる初葉の声に集中する。初葉のしゃべるタイミングに合わせて、動画を止めたり戻《もど》したり、細かな調整をするためだ。

確かに、この『妹』は初葉そのもの。演技の必要なんてなく、初葉が口にした言葉がそのまま、この妹の声であり台詞だ。

けれど、だからといって、映像の口パクに合わせて完璧にしゃべることまでは、素人《しろうと》の初葉には無理だった。現に今も、ところどころつっかえたり、言い直したりしている。

そのたびに、動きに違和感《いわかん》が出ないよう、圭太が映像を操作していた。リアルタイムなのでできることには限りがあるが、今のところ大きなずれは出ていない。

初葉は今、舞台袖《ぶたいそで》にいるはずだった。さすがに、客席近くでマイクを使っていればお客さんに気付かれるので、この場に出てくることはできない。

けれど。同じ場所にいなくても、圭太にはなんとなく察することができた。初葉の緊張《きんちょう》具合、慌《あわ》て具合。そろそろ息を継《つ》ぐかな、というタイミング。そんなものが、不思議と。

初葉と圭太、二人三脚《ににんさんきゃく》での努力の甲斐《かい》もあって、短く再編集した動画は無事に最後まで流しきった。お客さんの反応も良く、映像と音声が別撮《べつど》りであることに気付かれた様子はなさそうだ。

動画の終了《しゅうりょう》と同時に、舞台の照明が点灯する。壇上《だんじょう》に現れた玲がマイクを取り、挨拶《あいさつ》を始める。

（っと……いけない！　次の資料の準備……！）

初葉が無事にやりきって、つい安心しかけていたが、本来はここからが講演の本番。圭太の仕事はまだまだ終わったわけじゃないのだ。

ちらっと舞台に視線をやると、玲と目が合ったような気がした。見えているかはわからないけれど、頷き返しておく。気のせいか、玲がちょっと笑ったように見えた。

『それでは、始めさせていただきたいと思います。まずは、こちらの資料をご覧ください――』

それからしばらくは、事前の予定通り、画面に資料を映し出す時間が続く。

　さすがに玲は、こういう場で話をするのに慣れているようだった。客席の反応は上々で、大きなトラブルもない。

が、講演が順調に進めば進むほど、圭太は焦っていた。志穂が、一向に来る気配がないのだ。

（やばい、もうすぐ講演が終わる……やっぱり一時間で絵を描《か》くとか、俺無茶ぶりしちゃったんじゃ……）

　焦るけれど、この場を離《はな》れるわけにもいかない。こんなことなら、初葉に探しに行ってもらうよう頼《たの》んでおけば良かった――。

「――お待たせ」

「うわっ……⁉　って、先生！　良かった、俺、探しに行こうかと思ってて……！」

「いや、真島くんがここ離れちゃだめでしょ……。それより、はい。これ」

　差し出されたのは、一冊のスケッチブック。

　広げられていたページを一目見て、圭太は上がりそうになった歓声《かんせい》を慌てて飲み込んだ。

「ありがとうございます、先生！　すみません、無理言っちゃって……」

「……別に。にぃにには、色々と、迷惑《めいわく》掛けちゃったから。私も一応、『妹』だったわけだし……恩返しくらいはしないとと思って」

「……いえ、恩返しなんて。俺のほうこそ、『妹《先生達》』に助けてもらってばっかりですよ」

現に今だって、初葉に、そして志穂に支えてもらって、こうして講演会に臨《のぞ》めている。

いや、二人だけじゃなかった。瑞希にも、仁奈にも。教えてもらって、励《はげ》まされて、それがあったから、圭太は今日まで頑張ることができたのだ。

「……先生。俺、やっぱり嬉しかったですよ。自分のしたこと、無意味じゃなかったって言ってもらえるの」

「え、急にどうしたの……」

「だから俺は、先生が俺達にしてくれたことも、ちゃんと、報《むく》われてほしいって思います」

だから、勇気を出してみてほしい。

そう伝えたかったのだけど、志穂が答えを返してくれることはなかった。

代わりに、

「ほら。ボーッとしてていいの？　野中《のなか》さん話してるけど」

「あ、やべ……！」

慌てて、圭太はプロジェクターの操作に戻る。

……ふと、すぐ近くで、くすっと誰《だれ》かが笑うのが聞こえた。

それは志穂の声だったような気がするのだけれど……圭太が振《ふ》り返《かえ》ったときには既《すで》に、

彼女は「じゃあ、後はよろしく」と立ち上がってしまっていた。

まだ講演が終わっていないから、追いかけることはできないし、あまり大きな声も出せない。

「あ、先生！」

でもこれだけはやっぱり、言っておかなくてはいけないと思った。

「このイラスト、ちょーいいです！　誰がなんと言おうと、俺にとっては神ですから！」

それが、ちゃんと志穂に届いたかどうかは、わからなかったけれど。

でも、今はひとまず、これでいいと思った。ちゃんとした感想は、あとで改めて伝えよう。

今はとにかく、自分のやるべきことを、最後までやること。

ちょうど、講演は終わりに差し掛《か》かっていた。玲が、壇上で締《し》めの挨拶を述べている。

それを聞きながら、圭太は受け取ったばかりのイラストを、カメラの前にセットした。

このイラストが、今まで舞台の外れにいた初陽に——そして、志穂に、スポットライトを当ててくれることを願って。

幕間

「…………疲《つか》れた……指痛い……」

閉幕を告げるアナウンスを聞きながら、志穂《しほ》はぐったりと、中庭にあるベンチの一つにへたり込んでいた。

その視線の先にあるのは体育館。数時間前、野中玲《のなかれい》による講演会が行われていたその場所だ。

――漫画《まんが》系の部活から画材を借りてきて急遽《きゅうきょ》仕上げたイラストは、無事に講演会のラストに間に合って、その締めくくりを飾《かざ》った。飾ってしまった。

その結果がどうなったのか、志穂は見ていない。お客さんのリアクションを目《ま》の当たりにする勇気がなく、圭太《けいた》に絵を渡《わた》してすぐに校舎に戻ってしまったのだ。そしてそのまま、ひたすら圭太達から逃《に》げ続けて、気付けばこんな時間である。

（あー、やっぱりやめときゃ良かった……なんで柄《がら》にもないことしちゃったんだろ……）

……いや、一度は、『やっぱり無理』と言おうとしたのだ。そのために、体育館まで圭太に話をしに行った。

けれどその先で、初葉《はつは》と圭太が話しているのを聞いてしまったから。

『お兄ちゃんが、頑張《がんば》ってくれたから。だから、アタシも『やってみよう』って思えるんだよ』

それを聞いたとき、思った。

なし崩《くず》しのような形とはいえ、自分だって、一時は圭太の『妹』だったわけで。酔《よ》っ払《ぱら》って、とても思い出したくはないようなひどい絡《から》み方だってしてしまったのに、圭太は面《めん》倒《どう》くさいと放《ほう》り投げもせず、『お兄ちゃん』として、志穂のことを受け止めてくれた。

だったら、自分だって、何か返さないと。

そんな似合わないこと、うっかり思ってしまって。柄にもなく、頑張ってしまったのだ。

（……とりあえずHR《ホームルーム》……あー。ホント、めんどくさい……いまそれどころじゃないのに私……）

誰か代わってくれないかな、と心から思いながら。しかし、どうせ誰も代わってくれやしないとわかっているので、志穂はのろのろと重い腰《こし》を持ち上げる。

足取り重く、向かったのは自身が受け持つ教室。

「みんな、文化祭お疲れ様ー……。HR始めるから、席ついて――」

「あ、先生来た！　深山《みやま》先生！」

「は？　え……？」

憂鬱《ゆううつ》な気持ちで教室のドアを開け、志穂は困惑《こんわく》した。

だって、自分が現れた途端、生徒達がぱっとこっちを見て、志穂の元へ集まってきたからだ。まるで……志穂のことを、待ってたみたいに。

「え、何……座ってくんないとHR始められないんだけど」

「もー、そんなのいいですから！　こっち、こっち」

志穂の言葉を無視し、初葉は志穂の手を引いて教壇《きょうだん》まで引っ張っていく。

そして。

「深山センセ！　講演会の準備、お疲れ様でした！　先生の描いたイラスト、すっごい可《か》愛《わい》かったです！」

「会社から依《い》頼《らい》来るとかすごいじゃないですか！　もうプロってことですよね、それ！」

「ちょっ……!?」

『なんでそれを!?』と、慌てる志穂に、初葉が訳を説明してくれる。

「えっと、講演会、クラスの男子が見に行ってて。最後に出てきた先生の絵、いいなって話してたんです。そしたら主任さ——えと、講演やってた野中さんって人が通りかかって。『描いたのはここの先生だ』って、教えてくれたらしくて」

「な——」

『何してくれてんだあの人!?』という叫《さけ》びをすんでのところで飲み込み、志穂は頭を抱《かか》える。だってこんなの、冗談《じょうだん》じゃない。大して上手《うま》くもないのに出しゃばった真似《まね》して、普段《ふだん》やる気ないくせに似合わないと、そう思われるに決まっているのに——。

「あの、先生。もしかして、今まで授業で配ってたプリントの絵も、先生が描いてくれてたんですか？」

「……え？」

「やっぱり！　あれ、地味に楽しみにしてたんですよー、いつも。漫画みたいで、わかりやすいし」

「アタシも、先生のこと、今まで誤解してました！　先生、アタシ達のこと、鬱陶《うっとう》しいのかなーって思ってて……でも、違《ちが》ったんですよね！　私達の思い出になるようにって、わざわざコースター作ってくれたり、めっちゃ嬉《うれ》しいです！」

「い、いや……！　それは、単に担任としての仕事で、あなた達が思ってるようなことは何も――」

「大丈夫《だいじょうぶ》です、先生！　照れなくっても、みんなちゃーんとわかってますから！」

「ちがっ……そういうことを言ってるんじゃなくて！」

もちろん、初葉達はちっとも聞いてくれていなかった。盛り上がる青春の熱意に飲み込まれて、志穂は呆気《あっけ》に取られるしかない。こんなのは、柄じゃないのに。

ただ……ため息を吐《つ》きかけたところで、さっきまでそっぽを向いていた圭太が、こちらを見ているのに気が付いた。

なんだか、妙《みょう》に優しげなその目にムッとして、軽く睨《にら》む。

けれど、今度は目を逸《そ》らされなかった。気まずそうにちょっと苦笑いするその顔は、まるで「良かったですね」と言っているよう。

思い出すのは、志穂のしてきたことが報われたらいいと、そう言っていた声。

確かに、玲の爆弾《ばくだん》発言のおかげで、志穂が隠《かく》れてやっていた諸々《もろもろ》はすっかりクラスのみんなの知るところとなってしまったが。

でも、こんなのちっとも報われたうちに入らない。だってこんなこと、別に自分は望んでなんかいなかったのに――。

……ないのだけれど。

ただ、少しだけ、昔を思い出した。

まだ教師になったばかりの頃《ころ》……なると決めたばかりの頃。

こうやって漫画みたいに、先生として生徒の青春を見守る自分を、夢見たことも、なくはなかったなって。

◆◆◆

「深山センセ、照れてたね～。センセがあんな顔するなんて意外。もっとクールな感じかと思ってたのに」

「まあ、俺達もちょっと、盛り上がりすぎた気がしなくもないけど……」

「えー、なんで？　先生も一緒《いっしょ》に打ち上げ行こうって誘《さそ》っただけじゃん。絶対楽しいよ！　みんなでカラオケ！」

「いやだからそういうノリがな……」

説明しようとするけれど、初葉は不思議そうに首を捻《ひね》るだけだった。

文化祭はとっくに閉場して、校舎の中に人の気配は乏《とぼ》しい。圭太達のクラスも、ＨＲは既に終わり、他のクラスメイトはみんな打ち上げに繰《く》り出してしまった。「私はいいから……！」と遠慮《えんりょ》する志穂を無理矢理巻き込んで。

本当なら、圭太も初葉も一緒に打ち上げに向かっていたはずだったが……こうして教室に残っているのは、他でもない。

「……それより、初葉。昨日言ってた『大事な話』って、なんのことなんだ？」

「……うん。大事な、話だよ？　すっごくすっごく、大事な話……」

すぅ、と、深呼吸するのが聞こえる。いつになく緊張《きんちょう》した面持《おもも》ちで、初葉は圭太に向き直った。

「あのね……お兄ちゃん。アタシ……今までずっと、お兄ちゃんに黙《だま》ってたことが、あったの」

「……黙ってたこと？」

「うん……ごめんね、ずっと、言えなくて……隠してて」

ぎゅっと、俯《うつむ》いた初葉の手が、スカートの裾《すそ》を摑《つか》む。

「謝ることない。言えないのは、理由があったんだろ？　初葉が言いたくないことを、無理に言え、なんて思ったりしないって。……もし、黙ってるのが心苦しくて言おうとしてるんなら、別に――」

「ううん、それは違うの！　アタシが……言いたいって思ったから、言うの」

初葉の瞳《ひとみ》が、再び圭太に向かう。真《ま》っ直《す》ぐな視線。だから圭太も目を逸らさずに、初葉の言葉を受け止めようと構える。

「……お兄ちゃん。あのね、アタシは……本当は――」

初葉の声が、緊張を孕《はら》んで上擦《うわず》った――その瞬間《しゅんかん》だった。

ガラリと、教室のドアが開いて、圭太も初葉も『びくっ!?』と飛び上がってしまう。

また見回りで仁奈《にな》がやってきたのか……なんて思ったが、違った。ドア口に立ち、驚《おどろ》いたようにこっちを見ていたのは、初葉はもちろん、圭太にとっても予想外の人物。

「……お兄さん？」

昼間、中庭で別れた迷子の少女。彼女が圭太を見て、ぱちりと目を瞬《まばた》かせる。

「あれ、君は……なんでここに？」

もう閉場時間は過ぎている。一般《いっぱん》の来場者はとっくに帰っているはずだ。

圭太の疑問を察したのか、少女が説明してくれる。

「母と待ち合わせをしているんです。さっきまで一緒だったんですけど、母が、先生方にご挨拶《あいさつ》があるというので、先に駐車場《ちゅうしゃじょう》で待っていようと思って……」

「……校舎の中に駐車場はないと思うぞ、普通《ふつう》」

「わ、わかってますそのぐらい！　高いところからなら見付けやすいと思っただけです!!」

「つまり、また迷ってるんだな」

もう、彼女は反論はしなかった。ただ、羞恥《しゅうち》を堪《こら》えるように俯く。

ちらりと、圭太は初葉を窺《うかが》う。気付いた初葉が、気遣《きづか》うように笑《え》みを浮《う》かべた。

「ごめん、お兄ちゃん。話は、また今度にしよ？　アタシも、そのほうがいいし……」

「わかった」

ここぞ、というタイミングで割って入られて、初葉としても、これ以上話を続ける気力はないらしい。

「先、打ち上げ行ってるねー」という初葉を見送っていると、二人のやり取りを眺《なが》めていた少女が、出し抜《ぬ》けに言う。

「……妹さんですか？」

「え⁉　あ、ああ……まあな」

言われて初めて気付いたが、人前で普通に妹モードで話していた。……まあ、他校の子だし、そこまで問題はないか。

「……いいんですか。追いかけなくて」

「後から合流するよ。その前に、君を駐車場まで案内させてほしいけど」

「……また、ちょうどそっちに行くところだったんですか？」

「そういうことにしといてくれ」

少女の返事を待たず、圭太は教室を出た。歩き出すと、ついてくる足音を背後に感じる。

（やっぱり、名前は教えてくれないのかな）

一緒に歩いてはいるけれど、彼女はむっすりと黙りこくって、話しかけられる雰囲気《ふんいき》でもない。

（……まあ、いいか。なんか、また会いそうな気がするし）

なんなら、玲に聞いてみてもいいかもしれない。大勢いる社員、それもその娘《むすめ》のことなんてわからないかもしれないけれど、これほど盛大に迷子になる子なら、何かしら話題になっている可能性もある。

……けれど。まさか本当に、玲の口から彼女の名前を聞かされることになるなんて、このときは思いもしていなかった。

「……あれ？　主任？」

あまり広くもない駐車場。到着《とうちゃく》して最初に目に入ったのは、少女の母親らしい人影《ひとかげ》ではなく、玲だった。玲のほうも圭太に気付いて、「ん？」と顔を上げる。

「……おや、真島《まじま》くんじゃないか。どうしたんだ？　校門は確か反対の方向——」

玲の言葉が、不自然に止まる。大きく見開いた目が見つめるのは圭太の背後だ。

『え？』、と思いながら、圭太もまた、振《ふ》り返る。

そこにいるのはもちろん、さっきの少女で。けれど、玲の驚きの意味が、圭太にはよくわからない。もしかして、本当に知り合いだったのだろうか——。

二人が黙りこくる中。ただ一人、視線の先にいる少女だけが、全てをわかったような表情で玲を見ていた。

「……やっぱり、『お母さん』の知り合いだったんだ」

「…………え。え、お母さ……えっ⁉」

とっさに話が飲み込めず、圭太はせわしなく、少女と玲を見比べる。

「え……じゃ、じゃあ、やっぱり君が……？」

玲は何も答えない。代わりに少女が、ぺこりとお辞儀《じぎ》した。

「いまさら言うのも、なんだか変な感じですけど……改めて、初めまして。野中玲の娘の、野中麻衣です。母が、いつもお世話になっています」

幕間　～車中にて～

「……とりあえず、講演会、お疲《つか》れ様《さま》。『お母さん』」

帰りの車内で、麻衣《まい》は運転席の母に言葉を掛《か》ける。

「ありがとう……それより、来ていたんだな。道には迷わなかったのか？」

「大丈夫《だいじょうぶ》。その……あの男の子が、案内してくれたから」

「ああ、真島《まじま》くんのことか」

真島圭太《けいた》。その名前が出ると、やはり、なんだかソワソワしてしまう麻衣だった。理由は自分でもよくわからない。

……いや。うっすら、気付いてはいるのだ。ただ、認めるきっかけを掴めずにいるだけで。

「そうだ。お母さんの嘘《うそ》つき。彼のこと、よく知らないなんて言って」

「雇用主《こようぬし》だからって、そんなに簡単に個人情報を明かしたりできないだろう」

しれっと、母はそう言ってのけた。やはり何かはぐらかされている気がするが……多分これ以上は、直接聞いても答えてくれないだろうなと思った。

「むしろ、私のほうこそ疑問だな。どうしてそんなに真島くんのことを気にするんだ？

……なんだ。ひょっとして彼に一目惚《ひとめぼ》れでもしたのか」

からかうような、笑い混じりの声。普段《ふだん》の麻衣だったらきっと、ムキになって反論していたことだろう。

けれど。今は何故《なぜ》か、そんな気にはなれなかった。

「……そうだよ、って言ったら、ちゃんと教えてくれるの？　彼のこと」

母の、驚いたような気配が、隣から伝わってくる。

今度はもう、冗談《じょうだん》で誤魔化《ごまか》されないよう、麻衣ははっきりと口にした。

「うん。……私、あのお兄さんのこと、好き、かも……彼女とか、いるのかな？」

エピローグ

文化祭が終わった後の、とあるなんでもない休日。店に出勤しようとしていた圭太《けいた》は、ビルの前で、見知った人影を発見する。

「深山《みやま》先生？　また来てくれたんですか？」

「ひぇっ⁉」

恐《おそ》る恐る、という様子でビルの中を窺っていた志穂《しほ》が、びくっと肩《かた》を跳《は》ねさせる。

「ま、真島《まじま》く――いや、これは違《ちが》、た、たまたま通りかかっただけで、ちょっと様子見に来たとかそういうんじゃ……！」

「あれー、センセだ！　えー、こんなとこで会うなんてグーゼンー！　もしかして、アタシ達に会いに来てくれたんですかー⁉」

「ちょ、片瀬《かたせ》さんまで⁉　ま、待って、違《ちが》うの、これは、ちょっと待って、待ってってば――」

志穂の言い訳は、遅《おく》れて登場した初葉《はつは》によってあっさりとかき消された。はしゃぐ彼女に強引に手を引かれ、志穂はそのまま店の中へ。

店内には一足早く来ていた瑞希《みずき》と、それに仁奈《にな》の姿もあり。初葉に腕《うで》を摑《つか》まれたまま、志穂はなし崩《くず》しに、仁奈のいたテーブル席へと着席させられてしまっていた。

「お帰りなさい、深山先生！　今日は私も、レンタルＯＫですから！　まだまだ兄さんには及《およ》びませんが、よろしくお願いしますね」

「むぅ……やはり先生も常連に……。いえ、そのような心の狭《せま》い妹はお兄様に相応《ふさわ》しくありませんね。妹ならたとえ何人増えようとなんら問題はないのですし！　わかりました、深山先生。今日からは生徒と教師だけではなく、姉妹《しまい》としてよろしくお願いします！」

「そうそ！　こーしてお店に来たからには、センセも私達の妹だし！　初葉おねーちゃんって呼んでもいいですよ！」

「いや、待って。何、姉妹って。っていうか、私が片瀬さんの妹なの？　おかしくない……？」

「大丈夫です、深山先生！　妹になるのに、年上かどうかなんて関係ありませんから！　安心して、私のことを『お兄ちゃん』と呼んでください！」

「いや、そんな力説されても困るんだけど――え、『お兄ちゃん』？　妹尾《せのお》さんが？　え、お姉ちゃんじゃなくて……？」

ぎゅ、と瑞希に両手を握《にぎ》り締《し》められ、明らかに困惑《こんわく》の顔をする志穂。

なんだか巻き込んでしまったような形で、ちょっと申し訳ない気持ちもあるけれど……

それ以上に、志穂とこんな風に、また『兄妹《きょうだい》』として話せることが嬉《うれ》しくて、気が付いたら、圭太の顔には笑みが浮かんでいた。

まだまだ、『理想』にはとても及ばないけれど。

だけど、こうして一緒《いっしょ》にいてくれる妹達がいるなら。これからも、投げ出したりしないで、目指していけそうな気がする。

いつか、自分はこの妹達のお兄ちゃんなんだって……そう、胸を張って『あの子』にも言えるようになる、その日まで。

SGO 業務報告書
妹様サンプル第４号
SR
名前：深山志穂
兄への呼び方：にいに
好きなスキンシップ：膝枕、褒め倒し、抱きつき
感想（※プライバシーは守ります！）：まさか自分と一回り離れた男の子が……それも教え子がお兄ちゃんになるなんて思わなかったわ。そりゃあ、色々と気にかけてくれるのはやっぱり嬉しいし、褒めてくれたり、頼ってもいい存在になってくれるのは魅力的だし？　で、でも手を出したら犯罪だし、クビになっちゃうから！　いやいや、兄妹の関係だから健全なのよね！　だから、学校では先生だけど、放課後は先生も妹になるから。たまには、甘えさせてね？
主任コメント
大人だってやっぱり疲れることもあるし、誰かに甘えたいときもある。そんな時には「お兄ちゃん」っていう存在がいるだけで、毎日頑張れるものだよ。正直、担任の先生にバレたって聞いたときはどうしようかと思ったけど、妹心に溢れる先生で良かった。そう、年齢なんて関係ない。兄妹の絆さえあれば、いつだって人は妹にも、お兄ちゃんにもなれるものさ。だから、志穂先生も立派なヒロインだな

あとがき

初めまして。もしくはお久しぶりです。滝沢慧《たきざわけい》です。

『好きいも』シリーズ四巻。今回は瑞希《みずき》に続いてもう一人の年上ヒロイン、志穂《しほ》先生のお話となります。

大人だけど妹。先生だけど妹。何を言っているのかわからねーと思うが考えるな感じろ。

年上ヒロインも、実は割と好きなテーマだったりします。普段《ふだん》カッコイイ大人の女性が主人公の前ではだらしなかったり可愛《かわい》かったり、ギャップがいいですよね。

それが妹となればなおのこと。気心の知れたお兄ちゃんの前では、普段の姿からは想像もつかないような素《す》の顔を見せてくれちゃったりするわけです。

具体的な話は本編に譲《ゆず》りますが、出前でお邪魔《じゃま》した先生の部屋で、うっかりあんなものやこんなものを見付けてしまったり……なんてことも。

もちろん先生だけではなく、他の妹達もそれぞれに活躍《かつやく》していますよ！

何しろ今回は文化祭回でもありますからね。初葉《はつは》の〇〇〇姿なんかも見られちゃいます。まだ見ていないという方は今すぐピンナップをチェック‼

また、今回も三巻に引き続き、帯に音声ドラマ特典をつけていただいてます。声優の伊《い》藤《とう》美《み》来《く》さんが瑞希をご熱演くださってます！　ぜひ聞いてみてください！


以下謝辞です。

担当のTさん。打ち合わせもなかなか難しい状況《じょうきょう》の中、今回も多くのお力添《ちからぞ》えをいただき、本当にありがとうございます。いずれ状況が落ち着きましたらまた焼き肉行きましょう。

イラストの平《たいら》つくね先生。一巻以来の初葉表紙、最高に可愛い初葉を描《か》いてくださりどうもありがとうございます！

どのヒロイン達もイラストを描いていただくたび魅力《みりょく》が増しているように思えて、いつも感動するばかりです。引き続き本シリーズと妹達をよろしくお願い致《いた》します！

音声ドラマで瑞希役を担当してくださった伊藤美来さん。そして制作にお力添えいただいた皆様《みなさま》。

これを書いている段階では作者はまだ完成版を聞けていないのですが、きっと素晴《すば》らしい作品に仕上がっていることと思います。本当に、どうもありがとうございました！

そして何よりも、読んでくださっている読者の方へ。

いつも、どうもありがとうございます。

引き続き、シリーズをよろしくお願いします！

二〇二〇年　六月某日《ぼうじつ》　滝沢慧

富士見ファンタジア文庫

好《す》きすぎるから彼女《かのじょ》以《い》上《じょう》の、
妹《いもうと》として愛《あい》してください。4

令和２年７月20日　初版発行

著者——滝沢《たきざわ》　慧《けい》

発行者——三坂泰二
発　行——株式会社KADOKAWA
〒102-8177
東京都千代田区富士見2-13-3
0570-002-301（ナビダイヤル）
印刷所——株式会社暁印刷
製本所——株式会社ビルディング・ブックセンター

ISBN978-4-04-073546-7　C0193

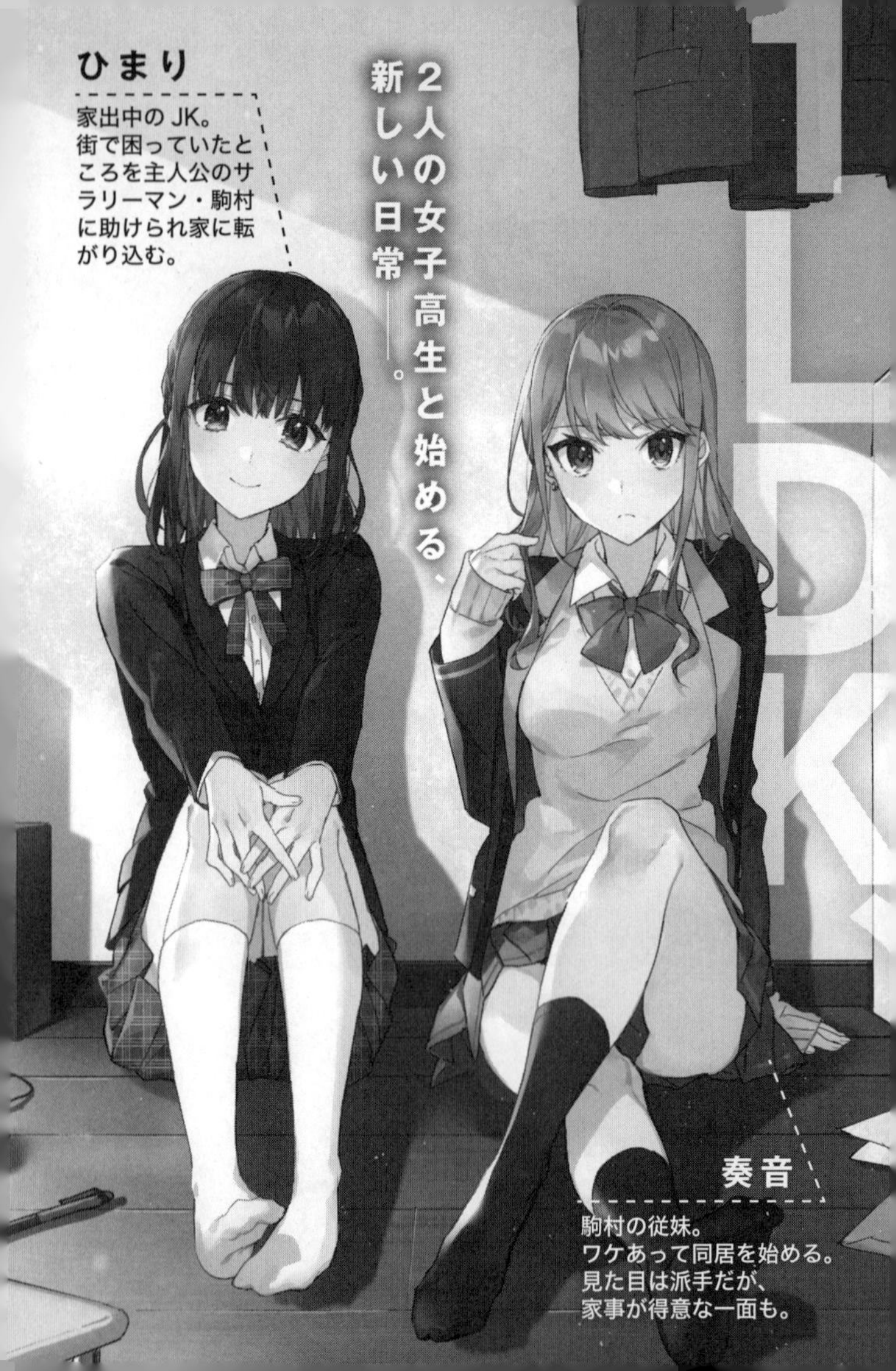
ひまり
家出中の JK。
街で困っていたところを主人公のサラリーマン・駒村に助けられ家に転がり込む。
2人の女子高生と始める、
新しい日常――。
奏音
駒村の従妹。
ワケあって同居を始める。
見た目は派手だが、
家事が得意な一面も。

切り拓け！キミだけの王道
ファンタジア大賞
原稿募集中！
賞金
《大賞》300万円
《金賞》50万円
《銀賞》30万円
選考委員
細音啓「キミと僕の最後の戦場、あるいは世界が始まる聖戦」
橘公司「デート・ア・ライブ」
羊太郎「ロクでなし魔術講師と禁忌教典《アカシックレコード》」
ファンタジア文庫編集長
前期締切 8月末日
後期締切 2月末日
公式サイトはこちら！ https://www.fantasiataisho.com/
イラスト／つなこ、猫鍋蒼、三嶋くろね

Sister > Steady
好きすぎるから彼女以上の、妹として愛してください。
「アタシも、負けてらんないと思って！」
「心配ばっかりかけないように、甘えすぎないようにしようと思うの！」
4
片瀬初葉
かたせ・はつは
学校ではウザ絡みなギャルで、放課後は圭太の妹。でも、圭太を「お兄ちゃん」と慕っていたのは、昔から……

深山志穂
みやま・しほ
圭太たちの担任。
面倒ごとが嫌いという
一面もあり、新人ながら
真面目で卒のない
優秀教師
「特定の生徒と親しくしてると面倒な誤解されかねないし……」
「私はあんなお店行かないし、
レンタルもしないから！」